Aintenant toutes diſciplines ſont reſti-
tuées, les Langues inſtaurées, Grecque
(ſans laquelle c'eſt honte qu'une perſonne
ſe die ſçauant), Hebraïcque, Chaldaïcque,
Latine. Les impreſſions tant elegantes
& correctes en uſance, qui ont eſté inuentées de mon eage,
par inſpiration diuine, comme à contrefil l'artillerie par
ſuggeſtion diabolicque................................................

Que diray-je ? Les femmes & filles ont aſpiré à
ceſte loüange & manne celeſte de bonne doctrine.

Rabelais, liu. II, ch. VIII.

ORIGINES

DE L'IMPRIMERIE EN FRANCE

CONFÉRENCES

FAITES

PAR M. A. CHRISTIAN

# A

*Monfieur Léon Bourgeois*

Député de la Marne

Ancien Préfident du Confeil des Miniftres

*Carlovingien*

aistre et Amy tres chier. ⁋Je vous
veulx offrir ce mien liure aorne de
mon mieulx par art de imprimerie
en sa picturale parure pour que par
iceluy puissiez voir bien au long
comme je suis demoure envers vous tout plein de
recongnoissance. ⁋Bien vray est-il que ay trouve
aupres de vous refuge de reconfort pourquoy il
est juste que je conserve toute ma vie en quel estat
que je sois tendresse pour vous qui par vostre
affection tres grande avez bien voulu me donner
ayde a vostre pouvoir en toutes circonstances
calamiteuses. ⁋Διάβολος me suscite des crimes
pourquoy me doubte quil y a de la fourbe en son
cas ayant voulu me faire la barbe comme serait
vraiye barbe doribus. ⁋Mais vous par vostre
benigne faveur me serez contre les calumniateurs
tout comme un second Hercule gaulois. ⁋Est-ce
rien cela. ⁋Cest la cause pourquoy je mets la
plume au vent. ⁋Ce que je vous raconteray en
ceste presente chronique cest la quintessence tiree
des manuscripts non imprimes encore du docte
Claudin. Et vous Grand Maistre de luniversite

vous y verrez descriptions de bons liures en tous
points differents de ceulx que trouua Pantagruel
en la librairie Sainct-Victor ie veulx parler des
Hanebanes des Euesques et du Distempenard des
Prescheurs. Et serez ie lespere mon Maistre tout
ioyeulx dauoir ung liure en sa parure aultrement
brode que ceulx-ci de Bourges en la Faculte des
loix dont parle nostre chier Rabelais en son liure
deuxiesme. ℭMa croyance est que ce mien liure
seruira a garder ma foy pour vous et a vous amy
me continuer vostre bonte car bonte ne peult faillir
a ame humaine et genereuse qui est vostre. Aussi
ie garde en la gibessiere de ma memoire ce que dist
un mien voisin apres vostre Discours entendu
et ce grandement approuue par ceulx qui autour
poculaient : Quand le Maistre a parle ie me sens
meilleur. ℭJai dist et finissant ie reste vostre.
Et a Dieu.

Arthur Christian. Carlovingien.

# ARTHUR CHRISTIAN, IMPRIMEUR DE FRANCE

OFFRE SON LIVRE

## A LÉON BOURGEOIS
GRAND MAISTRE DE L'UNIVERSITÉ DE FRANCE

EN COMPAIGNIE

## DE LOUIS HERBETTE
CONSEILLER DE L'ESTAT EN SERVICE ORDINAIRE

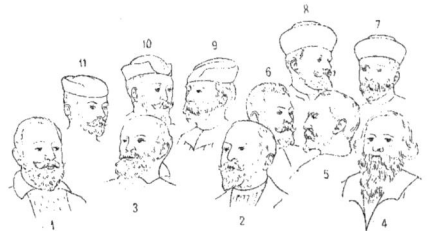

1. Léon Bourgeois. — 2. Arthur Christian. — 3. Louis Herbette.
4. Claudin, libraire. — 5. Héon, prote. — 6. Catineau, imprimeur. — 7. Badou, compositeur
8. Le Chery, correcteur
9. Fayard, correcteur. — 10. Thomas, correcteur. — 11. Léchaudel, enlumineur

# ORIGINES
# DE L'IMPRIMERIE EN FRANCE

---

# CONFÉRENCES

FAITES LES 25 JUILLET ET 17 AOÛT 1900

PAR

## M. A. CHRISTIAN

DIRECTEUR DE L'IMPRIMERIE NATIONALE

# PARIS
## IMPRIMERIE NATIONALE

---

MDCCCC

# CONFÉRENCES

FAITES

À L'ÉCOLE INTERNATIONALE DE L'EXPOSITION UNIVERSELLE

PRÉCÉDÉES D'UNE LETTRE

## DE M. LÉON BOURGEOIS

DÉPUTÉ, ANCIEN PRÉSIDENT DU CONSEIL DES MINISTRES

ET D'UNE INTRODUCTION

## DE M. LOUIS HERBETTE

CONSEILLER D'ÉTAT, VICE-PRÉSIDENT DE L'ÉCOLE INTERNATIONALE
(GROUPE FRANÇAIS)

A.

# NOTICE

L'ÉCOLE INTERNATIONALE DES EXPOSITIONS

# ÉCOLE INTERNATIONALE

## DES EXPOSITIONS,

ASSOCIATION INTERNATIONALE POUR LE DÉVELOPPEMENT DE LA SCIENCE,
DES ARTS ET DE L'ÉDUCATION.

———

C'eſt sous le patronage de l'œuvre qui a reçu cette dénomination, œuvre de libre éducation, d'enſeignement mutuel & de
rapprochement amical entre gens de tous pays, qu'ont eu lieu
les réunions & les conférences ci-après relatées, intéreſſant
l'hiſtoire de l'Imprimerie en France & la viſite à l'Imprimerie
nationale.

Cette œuvre s'eſt conſtituée, avant l'ouverture de l'Expoſition,
sous la préſidence de M. Léon Bourgeois, ancien Préſident du
Conſeil des Miniſtres, à la suite de réunions & délibérations
dirigées par lui & tenues au Miniſtère de l'inſtruction publique
& des beaux-arts. Elle a établi son siège principal, avec le
service du Secrétariat, au Palais des Congrès (quai inférieur de
ce palais).

Outre les renſeignements & les relations utiles à fournir
pour toutes perſonnes déſireuſes d'être guidées & de s'inſtruire
dans la viſite des inſtallations & des immenſes séries d'objets

réunis à l'Expofition & dans ses annexes, on s'eft préoccupé d'organifer des conférences générales ou spéciales sur les sujets les plus divers, en différents locaux & salles, ainfi que des leçons-guides & des expofés méthodiques à faire sur place; enfin, des excurfions en tels lieux & tels établiffements pouvant offrir un intérêt confidérable hors de l'Expofition & même hors de Paris.

L'École internationale s'eft ouverte, en conféquence, à tous les adhérents sans diftinction de nationalité, à un nombre important de vifiteurs de paffage, comme à tous ceux qui demandaient à participer à certaines réunions.

Pour organisation : Un groupe français accueillant toutes perfonnes qui connaiffent notre langue, & des groupes spécialement formés en vue du recours à d'autres langues, notamment l'allemand, l'anglais & le ruffe.

*Secrétaire général de l'Œuvre internationale :* M. Liard, membre de l'Inftitut, directeur de l'Enfeignement supérieur, avec M. Émile Bourgeois, maître de conférences à l'École normale supérieure, pour secrétaire général adjoint, ayant à s'occuper surtout des relations avec les groupes étrangers.

Groupe français : *Préfident,* M. Gréard, membre de l'Académie françaife, vice-recteur de l'Univerfité de Paris. *Vice-Préfidents,* outre M. Louis Herbette, confeiller d'État, qui a préfidé les conférences recueillies ci-après, MM. Brouardel, membre de l'Académie de médecine, doyen de la Faculté de Paris; Foncin, infpecteur général de l'Enfeignement public; Laviffe, membre de l'Académie française; Lyon-Caen & H. Poincaré, membres de l'Inftitut.

*Secrétaires :* M. Choublier, profeffeur à l'École françaife du Caire, & M. Delvolvé, agrégé de l'Univerfité, dont la tâche affidue était de pourvoir au fonctionnement des opérations & réunions multiples du groupe français, ainfi qu'aux rapports avec le public.

M. P. Melon, *trésorier.*

Un confeil d'adminiftration composé de trente-quatre membres & un groupe de directeurs d'études.

# LETTRE

DE M. LÉON BOURGEOIS

Monſieur Louis HERBETTE.

Paris, le 3 novembre 1900.

MON CHER AMI,

Vous savez combien j'avais regretté de ne pouvoir aſſiſter aux deux conférences sur «les Origines de l'imprimerie en France», que notre ami Chriſtian a bien voulu faire en juillet & août, sous votre préſidence, aux auditeurs de l'École internationale de l'Expoſition.

Auſſi suis-je extrêmement heureux de voir aujourd'hui publier ces conférences, dont la claire ordonnance, la science abondante & aiſée font un document si précieux pour l'hiſtoire du Livre en

France, — *& votre discours, où se résume, avec
tant d'ingénieuse éloquence, la philosophie de cette
histoire, qui est en somme l'histoire même de nos
esprits.*

Cela m'est une joie de penser que ceux qui
n'ont pu entendre *& applaudir ces trois belles
leçons vont être, comme moi, à même de les lire
— & de les conserver sous une forme magnifique.*

J'ai les épreuves sous les yeux. Papier, caractères, ornements, tirage, tout dans ces feuilles est
chose d'art. C'est bien, selon votre expression,
«*une page ajoutée au Livre d'or de l'Imprimerie
nationale*»; c'est un nouveau témoin de la perfection de ses travaux, digne d'être placé, dans
les collections publiques, à côté de l'Hommage
à Gutenberg *& de l'Histoire de l'Imprimerie en France au XVe et au XVIe siècle,
qu'elle a envoyés à l'Exposition & que les im-*

primeurs de tous les pays y ont admirés comme
les monuments les plus parfaits de la typographie de notre temps. C'eſt, pour l'École internationale, une grande bonne fortune que de voir le
souvenir de deux de ses plus intéreſſantes réunions
conſervé – & perpétué – par une telle publication.

La voilà, notre École, garantie pour toujours
contre l'oubli! Elle n'a plus seulement pour elle
le bien qu'elle a pu faire, l'univerſelle leçon de
choſes que ses conférenciers ont tirée du ſpeɛ̃tacle de
l'Expoſition, les services que le rapprochement
de tant d'eſprits, de tant de bonnes volontés,
réunis de tous les points du Monde, aura pu
rendre à la cause de la science & de l'humanité;
elle aura maintenant, grâce à Chriſtian & à
vous, grâce à ces pages superbes tirées en « types
nationaux », le culte aſſuré des bibliophiles; &
de toutes les paſſions, celle-là, vous le savez, eſt

la plus fidèle puisqu'elle s'accroît avec l'âge de
l'objet aimé.

Soyez donc remerciés tous deux. Je suis certain
d'être l'interprète de tous nos groupes, français &
étrangers, en vous adreſſant ici, avec l'expreſſion
de ma vieille amitié, l'aſſurance de la gratitude de
l'École internationale.

LÉON BOURGEOIS.

# ALLOCUTIONS ET INTRODUCTION

PAR M. L. HERBETTE

C

Mesdames, Messieurs,

J'ai à faire les plus sincères remerciements, au nom du Bureau & des adhérents de l'*École internationale de l'Expofition universelle,* à M. le Directeur de l'Imprimerie nationale, qui veut bien retracer pour eux les origines & les débuts de la typographie en France. Mais je dois exprimer d'abord les regrets de M. Léon Bourgeois, qui avait grand défir de préfider aujourd'hui. Comment ne se serait-il pas fait un plaifir d'entendre & de louer celui qu'il a vu dès longtemps à l'œuvre en diverfes fonctions, dont il connaît tout le mérite & dont il apprécie tant l'attachement ?

Notre cher Préfident, dont j'ai été auffi le collaborateur, qui excelle à transformer en amis tous les témoins de ses efforts pour le bien public, & qui parvient à faire oublier sa supériorité par sa bienveillance & sa simplicité, ne garde guère de loifirs

pour ce qui répondrait le mieux à ses goûts. A
ceux dont le temps, les forces & le travail ont tant
de valeur, il n'eſt laiſſé que ce qui ne peut leur être
enlevé; & ce sont ainſi, dans notre eſpèce, les meilleurs qui se trouvent dévorés par les autres. Il a été
impoſſible à M. Léon Bourgeois d'arracher deux
ou trois de ses propres heures aux beſognes & aux
perſonnes qui les accaparaient; & je suis l'interprète
de tous en lui adreſſant, avec nos regrets, l'expreſſion de nos vœux & de nos sentiments dévoués.

Quant à M. Liard, secrétaire général de l'Œuvre
en son enſemble, qui a le gouvernement de l'Enſeignement supérieur en France & qui accomplit
avec tout l'éclat d'un succès si perſévérant une
tâche à la fois si profitable à notre patrie & aux
autres, comment aurions-nous pu l'enlever aux
affaires, cette servitude de ceux qui gouvernent?
M. Émile Bourgeois, le savant profeſſeur qui le
supplée à l'égard des groupes étrangers, n'a pu
venir non plus. Le travail, — ce grand émancipa-
teur, — quel tyran auſſi!

L'abſence de l'éminent Préſident du groupe français, M. Gréard, recteur de l'Univerſité de Paris, ne
s'explique & ne s'excuſe également que trop; &
les zélés secrétaires, MM. Choublier & Delvolvé,
sont là pour manifeſter, malgré toute la peine que
leur coûte le fonctionnement de ce groupe, le
profond intérêt qui s'attache à notre réunion.

J'ai trop souvent, dans ma carrière adminiſtra-
tive, cheminé côte à côte avec M. Chriſtian, pour
ne pas me préſenter avec lui en témoin & en ami,
dûment autoriſé à lui témoigner sympathie affec-
tueuſe. Et comment ne serais-je pas auſſi un ami,
un vieil habitué de la typographie, ayant été pu-
bliciſte, — ce qui eſt, je le crains, incurable, —
rédacteur & directeur de journaux ou revues dou-
blés néceſſairement d'outillage typographique &
pourvus de machines; ayant eu à organiſer des
ateliers & des services complets d'impreſſions à
gros tirages; ayant pu apprécier enfin ce que sont
les difficultés du métier, du métier d'adminiſtrateur
public tout d'abord. Car il faut conduire les autres
sans être son propre maître & le leur; on n'a droit

de transformer les rouages que sans jamais arrêter le mouvement; & les refponfabilités s'impofent sans autorité correfpondante. Heureux encore lorf-qu'on n'a pas à combattre sans soldats, ou à créer sans reffources.

En sa qualité de directeur, M. Chriftian n'avait sûrement pas le temps de travailler pour l'École internationale. Il l'a pris, & nous lui sommes reconnaiffants de nous le donner.

# I

Grâce aux inventions nouvelles, tout va, comme on dit, à grande viteffe, & tout se communique en tous sens autour du globe. Les mouvements de vie individuelle & de vie collective s'accélèrent sans ceffe en se multipliant.

Paris, au cœur de l'Europe, eft depuis combien de siècles en intenfe activité! Voici que, par les Expofitions internationales, il devient une ré-duction du monde, & qu'en effet l'agitation y eft électrique & univerfelle, — acceptons le nouveau

synonyme, — *mondiale*. Nul ne suffit à ce qu'il
ambitionnerait d'accomplir ou de tenter, & c'eſt du
courage qu'il faut à quelqu'un pour ajouter aux
occupations quotidiennes un surcroît de tâche au
profit des autres.

Merci donc à notre hôte de ce jour, & double-
ment merci. Ce n'eſt pas une courte excurſion aux
premiers monuments de l'art typographique, c'eſt
toute une relation qu'il nous offre des moyens
d'expanſion pour la penſée & la science par la dif-
fuſion du langage écrit, grâce à ce mode d'écriture
artificielle avec reproduction mécanique qu'on appelle l'imprimerie.

Ce qui va nous être ouvert, c'eſt la préface de la
Renaiſſance à la fin du xvᵉ siècle, la préface de
la civiliſation moderne & de l'affranchiſſement de
notre eſprit national qui, procédant du génie an-
tique & préparant l'avenir par retour sur le paſſé,
allait prendre poſſeſſion de lui-même.

Mais notre plan, nous l'avouons, eſt de pénétrer
bientôt à la suite de M. Chriſtian dans le sanctuaire
même, dans le muſée, dans l'atelier national de la

typographie, rue Vieille-du-Temple, guidés dans l'établiſſement & ſes ſervices par l'Adminiſtrateur, comme nous l'aurons été par l'érudit dans les faſtes de la lettre.

Auſſi avons-nous eſpéré que M. le Directeur ajouterait ici à ſes conférences une expoſition de ſpécimens & de pièces portant l'empreinte, on peut le dire, de l'art primitif, & qu'il nous admettrait enſuite au ſpectacle des opérations actuelles de l'imprimeur, dans le vaſte édifice où entrent nets & d'où ſortent noircis les morceaux & les monceaux de papier. Là ſuffiſent quelques machines perfectionnées pour fournir en quelques heures par millions d'exemplaires, — c'eſt-à-dire à combien de millions d'individus ? — la matière à penſer; la même matière que la preſſe de Gutenberg aurait à peine reproduite par centaines, & dont une fraction d'exemplaire aurait été obtenue dans le même temps par l'écriture ordinaire, avec toutes les chances d'erreurs & d'altérations que comporte le recours aux copiſtes.

C'eſt donc, en abrégé, un hiſtorique & un ap-

prentiſſage typographiques que nous souhaitons;
sorte d'introduction à l'admirable volume que pré-
ſente l'expoſition de l'Imprimerie nationale & que
quatre autres volumes doivent, croyons-nous,
compléter, pour établir, avec documents à l'appui,
toute l'hiſtoire de l'imprimerie chez nous.

Saluons en paſſant ceux qui accompliſſent un tel
ouvrage, & rendons un hommage tout spécial au
ſavant M. Claudin. Ce monument de science & d'art
ne montre-t-il pas, avec les glorieux services rendus
par le peuple français aux autres, ceux qu'a pu &
peut rendre l'Imprimerie nationale, sous une direction habile & ferme, sans faire tort, bien au contraire, aux libres induſtries du livre? Ne peut-on
trouver là, avec d'importants avantages pour l'État,
quelque honneur pour ce peuple même, pionnier
infatigable & paſſionné du progrès, maître ès arts
international, initiateur de la vie supérieure dans
la société humaine ?

L'aſſiſtance nombreuſe qui se preſſe dans cette
ſalle n'eſt que l'avant-garde du bataillon qui enva-
hira l'ancien hôtel de Rohan, si M. Chriſtian se

met à notre tête. Combien cette enceinte aurait été trop étroite si l'on y avait convié les divers amateurs d'une semblable séance! Mais nous ne jouirions pas sans scrupule de notre privilège d'auditeurs, si nous n'efpérions que notre si diftingué maître Conférencier confentira à fixer en manufcrit sa leçon sur la typographie, & que l'imprimerie sera chargée de raconter elle-même sa jeuneffe & de plaider sa propre caufe. Ainfi, préfents ou non, les amis & amateurs se trouveraient satisfaits; le Préfident & certains collaborateurs de l'École internationale se dédommageraient comme lecteurs de leur abfence forcée, & une page nouvelle groffirait le Livre d'or de l'Imprimerie nationale par la main de son chef.

Félicitons-nous à tous égards du voyage d'agrément & d'enfeignement que nous allons faire au pays des imprimés. C'eft le pays du livre, de la brochure, du journal & de l'affiche, de l'ancienne enluminure, de la gravure & de l'illuftration en tous genres; le domaine du papier, de la reliure auffi, celui de tous les modes de publication & de

publicité, comme de tous les arts enfantés ou adop-
tés, élevés & développés par l'imprimerie.

## II

Qui peut se figurer, en 1900, ce qu'était ancien-
nement le manuſcrit, objet rare, sinon sacré,
unique parfois, acceſſible seulement à quelques
privilégiés ?

Certes, il était moins compliqué de compoſer
un ouvrage que de le publier, & de le poſſéder par
cœur qu'en texte.

Un livre, en ses papyrus, apparaiſſait comme la
momie vivante d'un eſprit. L'ouvrir au profane,
profanation ! Une bibliothèque ? pour les igno-
rants, un cimetière ; pour les initiés, un temple ou
un muſée d'âmes, revenant au jour en ceux qui
avaient le secret de les évoquer. Entrer chez les
morts, mettre le vivant en relations avec eux
pour la fécondation spirituelle, étrange voyage
dans l'autre monde, que tant de siècles d'habitude
nous font faire sans y songer.

ᴅ.

Y songeaient-ils vraiment, les artifans & praticiens admirables qui allaient révolutionner ce monde-ci en inventant l'écriture artificielle & la copie mécanique? Au moins pour l'apparence, ils gardaient le culte de l'écriture manufcrite, dont ils ne cherchaient qu'à copier les copies, réfervant dans leurs ouvrages les places d'honneur pour les lettres, les traits & les deffins à la main.

Ne semble-t-il pas qu'on refte l'efclave de l'habitude même en la changeant, & qu'on marche à l'avenir les yeux tournés vers le paffé? On n'imagine que la suite de ce qu'on connaît. C'eft le plus souvent à l'infu, sinon contre le gré des gens, que le nouveau s'accomplit en eux & par eux-mêmes. On sait ce qu'on faifait, après l'avoir fait; on n'invente pas, on découvre. Encore les découvertes changent-elles de théâtre & d'acteurs, s'arrêtant ici pour reprendre là; témoin l'imprimerie comme la bouffole & la poudre à canon, parties d'Orient pour conquérir l'Occident, en attendant leur retour aux contrées d'origine pour les rénover. Car tout tourne décidément sur terre.

Les effais malheureux sont l'ébauche de la réuf-
fite. D'une somme de peines & de sacrifices se
compofe le bonheur final, comme d'épreuves informes fort un texte parfait. Gutenberg a eu l'honneur de l'infuccès à Strafbourg & du succès à
Mayence, & l'imprimerie aurait mérité d'être Alfa-
cienne.

Sachons penfer aux auteurs ignorés comme aux
bénéficiaires célèbres d'une invention, à tous ceux
qui se battent pour nous dans les ténèbres avec
l'inconnu, la fatalité, le Diable même, difait-on
autrefois. Que de martyrs pour tout progrès, pour
toute foi, tout bien humain!

Secrets étaient les débuts de l'imprimerie, de
la publicité même; & ces secrets étaient si bien
jurés, — sauf à être violés plus tard, — qu'un
roi de France devait ufer de stratagème pour les
découvrir chez Gutenberg lui-même. Il fallut
attendre quelques années pour imprimer à Paris.
Mais, du moins, l'imprimerie n'eut-elle pas de
martyrs, sans doute parce qu'elle travaillait pour
les pouvoirs en même temps que pour les peuples.

La perfécution s'eft dédommagée enfuite sur la penfée imprimée.

L'imitation des manufcrits à bon marché ne pro- voqua pas de défiance. L'invention la plus auda- cieufe eut les faveurs de la Monarchie & de l'Églife qui s'en fervaient. Simplification des copies, vul- garifation des textes, commodité des travailleurs, avantage des pauvres, voilà le but. Où devait-il mener?

Des preffes, devait naturellement naître la preffe, le journal, le terrible journal, ces bouts de papier léger dont le choc devait renverfer des trônes & des autels. La première gazette était de Renaudot, un protégé de Richelieu, un officieux de Louis XIII, *La Gazette de France.* Elle eft encore royalie . Mais vienne le vent de la Révolution, & voyez le tour- billon de feuilles! La preffe eft lancée pour ne plus s'arrêter.

Qu'étaient les premiers travaux d'impreffion? la Bible, les pfautiers, des billets d'indulgence, des livres d'heures, & parmi eux des œuvres d'art in- comparables. On travaillait pour l'orthodoxie, en

attendant qu'on opérât auſſi pour la Réforme, fourniſſant des armes & des munitions pour tous les
combattants & toutes les cauſes.

Avant la compoſition par caractères séparés, l'impreſſion des pages en bloc, sur planches sculptées
dans le bois, s'eſt inaugurée par *La Bible des Pauvres.* Pourtant on avait précédemment façonné en
France, par ce procédé, des cartes à jouer, ô scan-
dale! avec des formules de prières & des images
pieuſes, ô conſolation! Dieu & le Diable, diable-
ries & saintetés, — les extrêmes peuvent se toucher,
& ces oppoſitions ne sont pas d'aujourd'hui dans la
nature humaine. L'homme du xvᵉ siècle en s'imprimant, textes & gravures, se deſſinait lui-même
corps & âme, juſqu'au fond.

Quelles souffrances & quelles peurs! que de damnés & de supplices, avec quelle férocité d'imagina-
tions trop pauvres, hélas! «en matière de félicité».
Banales & fades seraient aujourd'hui leurs conceptions des joies paradiſiaques. Autant vaudrait se
promener dans nos Champs-Élyſées, près d'ici.
Mais les révélations de l'Expoſition affoleraient les

bienheureux comme les pauvres diables d'alors.
Jouir confiftait surtout à ne pas fouffrir.

L'homme avait befoin de s'élever, & son ciel
auffi. Pour s'intellectualifer & s'idéalifer, encore
fallait-il favoir lire & écrire. Combien le pouvaient
avant les lettres & les écrits d'imprimerie ?

Ce n'eft pas que les imprimés ne duffent avoir
bientôt le mot pour rire. Mais la gaieté françaife
s'accommodait mal du latin, langue vivante des fa-
vants, langue déjà bien morte & enterrée pour le
peuple.

Au latin étaient réfervés les ouvrages d'ordre
fupérieur. Mais le livre fe vulgarifant, l'idiome
vulgaire devenait indifpenfable pour pénétrer chez
tous. L'imprimerie ne fonctionnait encore que
depuis cinq ou fix ans à Paris, que le français, —
audace de parvenu! — étalait fes premiers in-folio,
publiés par un typographe bien français, Bonhomme, & fur un fujet très français : *Les Chroniques
de Saint-Denis.*

En même temps, le caractère français s'affirmait,

éliminant ces caractères gothiques qui avaient prêté, aux premiers ouvrages de France, un afpect lourd & épais, brouffailleux & hériffé comme une forêt de lances de lanfquenets.

C'eft aux monuments de l'antiquité romaine & grecque qu'on emprunte les lettres nouvelles, & c'eft aux frais de François Iᵉʳ que sont fondus les types. Graver & fondre ses caractères, pour l'imprimeur, c'eft tailler sa plume; plume de métal, en cuivre, en plomb, en étain, d'un alliage quelconque. Bien nommée, la Renaiffance; renaiffance de l'Art, renouvelé des anciens; naiffance auffi de l'efprit national ou plutôt son épanouiffement confcient. Enfin maître de lui & chez lui, il s'affranchit de l'invafion allemande par l'exclufion du gothique, & reftreint la domination romaine en mettant fin au monopole du latin. Déformais, on pourra être inftruit en français. Notre orthographe se fixe; notre ponctuation s'inaugure. Le français paffe langue savante, prefque digne déjà d'être morte.

La gravure, affociée au livre & mêlée d'abord à

E

l'enluminure, copiant l'allemand & l'italien, allait s'originaliſer auſſi, se diverſifier, créer des chefs-d'œuvre français, non pas ſeulement pour la religion, mais pour l'hiſtoire, le roman, la poéſie, la facétie même & la farce.

La gauloiſerie prend largement ſes droits, & pas ſeulement à Paris. Lyon eſt plus libre. C'eſt pour de pieux uſages que s'illuſtrent dans cette cité les premiers livres, comme c'eſt pour être placardées à la porte des égliſes que ſont tirées les premières affiches.

Mais le Diable enſuite n'y perd rien. Voyez plutôt ſur nos murs & à nos étalages de libraires.

Paris, notre Paris déjà, avec ſa Notre-Dame & ſon Louvre d'où l'on ne ſongeait pourtant guère à chercher l'emplacement des futures Expoſitions univerſelles, apparaît comme la ville hoſpitalière à l'étranger, tout accueillante aux innovateurs, chercheurs & inventeurs pour l'amour du bien & de l'humanité; la patrie de ceux à qui la leur ne ſuffit pas, le ſiège préféré des manifeſtations de la vie univerſelle.

Ce sont les trois premiers imprimeurs venus des bords du Rhin qui, dans leurs préfaces & dédicaces, saluent Paris « Ville Lumière ». C'eſt de la Sorbonne qu'ils sont les hôtes, — la Sorbonne moins libérale, hélas! enſuite. Mais n'a-t-elle pas repris la vraie tradition nationale de liberté?

En fin de siècle, du xvᵉ, Paris eſt, avec Veniſe, la métropole de l'imprimerie. Répandue dans la France entière, elle fonctionne en plus de quarante villes, Lyon en tête pour la littérature populaire & illuſtrée, Rouen fourniſſant à l'Angleterre, & Touloufe à l'Eſpagne.

Voilà la France en avant dans le grand mouvement de civiliſation. Pourquoi faut-il qu'au xviᵉ siècle les luttes religieuſes & la guerre civile... Mais allons au delà. Que font tout d'abord les hommes pour s'expliquer? Ils se battent. Après, ils apprécient la paix & ils eſſayent de se comprendre.

La France & Paris, après combien de phaſes & de criſes, ont repris leur miſſion agrandie. C'eſt l'humanité tout entière qu'ils convient à s'expliquer

E.

& à se comprendre, donc à se reſpecter, à s'aimer,
à se servir elle-même; & c'eſt le secret des succès
de nos Expoſitions univerſelles.

## III

Ayant parcouru les domaines de l'imprimerie,
si l'on en pénétrait le fond, si l'on eſſayait d'en eſ-
quiſſer la pſychologie, sans même pouſſer juſqu'à la
philoſophie de l'écrit, que d'explorations curieuſes!

Mettre bout à bout des lettres métalliques, puis
les mots, lignes & alinéas, puis les pages; les nu-
méroter, les serrer dans des cadres ou formes; en-
duire les surfaces en saillie d'encre semi-liquide,
y appuyer des feuilles de papier où se fixera l'empreinte de ces surfaces, sécher ces feuilles, les plier
en bon ordre & les fixer enſemble, — voilà la ge-
nèſe matérielle du livre imprimé. Mais, imprimé
ou non, qu'eſt-ce que le livre, sinon le corps que
prennent les idées, perpétuant à travers le temps
& tranſportant à travers l'eſpace tout ce qui de
nous & du reſte mérite d'échapper à la deſtruction?

Le livre, ce sorcier muet qui dit tout & qui a le
don de toutes les langues, qui frappait autrefois les
plus puiffants d'une frayeur superftitieufe, il eft devenu par l'imprimerie le serviteur de tous; il met
les plus sublimes génies dans le cerveau du plus
humble lecteur. Qu'eft-ce, en effet, que le livre
imprimé, sinon la penfée qui se fait univerfelle &
éternelle, échappant aux viciffitudes de la tradition
orale, comme à la précarité du manufcrit?

Volume encore on l'appelle, comme les papyrus
& les parchemins roulés où se déroulaient sous les
yeux les colonnes de signes ou caractères écrits.
Mais un volume fait de surfaces sans épaiffeur; un
tas rectangulaire de papiers tournant autour de l'axe
où ils sont maintenus, & préfentant à point nommé
les paffages voulus. Manière de réfoudre humaine-
ment la quadrature du cercle; art de réalifer l'in-
carnation de la penfée & la réédition de la vie par
extenfion illimitée du miracle de l'écriture.

Ce mot seul, l'*Écriture,* si souvent pris comme
synonyme de Révélation divine,—ces légendes qui
chez divers peuples entourent les premiers effais

& les notations les plus anciennes de la parole écrite, — ce refpect croyant & cette sorte d'obfeffion de *ce qui eft écrit,* régnant encore parmi les populations d'Orient qui favent pourtant ce qu'eft écrire, & jufqu'en Occident parmi les clients de l'imprimerie, — combien de faits prouvent qu'on a vu, dès le début, dans ce mode d'expreffion, le secret de l'exiftence psychique & la manifeftation de toute vérité!

Exprimer, imprimer; c'eft toujours tirer de nous ce qui s'y produit, & le produire précifément en le tirant de nous. On parle & on écrit parce qu'on penfe; mais la réciproque n'eft-elle pas vraie?

Ainfi, la communication vifuelle a pu remplacer la tranfmiffion orale. L'écrit, témoin toujours préfent, conftatation de ce qui a été, élaboration de ce qui sera, tient lieu, pour nos sociétés, de ces cerveaux souvenants qui avaient charge, dans les sociétés primitives, de tranfmettre aux générations succeffives l'avoir de l'intelligence & l'acquis moral. Les livres ne sont-ils pas les vieillards, les prophètes & les sages de notre temps, vieillards im-

mortels & toujours rajeunis? Si longtemps impoſ-
ſibles à reproduire autrement qu'en exemplaires
façonnés à la main, ils se multiplient à l'infini par
la lettre moulée, le rouleau d'encre & la preſſe.
Comment l'imprimé, fils tout-puiſſant de l'écrit,
n'aurait-il pas pris plus de preſtige que la parole
vocale? C'eſt le Verbe en conſtante réſurreſtion.

Pourtant, ne retrouvons-nous pas près de nous
les époques où savoir écrire était un rare privilège,
sans remonter à celles où les hommes ne diſaient
& ne penſaient guère même en langage parlé ? Car
pas d'illuſion : le cerveau ne peine à se faire des
inſtruments & des méthodes que pour les opérations & les beſoins qui s'imposent à lui. L'organe
fait la fonſtion, & réciproquement. Sortie du cerveau penſant, que n'a pas fait l'écriture pour lui ?
Et si l'eſprit moderne a produit l'imprimerie, l'in-
verſe auſſi n'eſt-il pas vrai ? Tout se tenant dans le
temps & dans l'eſpace, tout eſt réciproque, comme
tout eſt commun & solidaire.

Depuis les deſſins tracés sur des os de renne ou
de mammouth jusqu'aux chefs-d'œuvre de notre

Imprimerie nationale, en paſſant par les hiéroglyphes de l'Égypte, les textes de l'Aſie & les parchemins du moyen âge, — depuis la simple repréſentation des objets juſqu'à l'expreſſion des aƈtes
ou des faits qui s'y réfèrent, puis des idées & des
sentiments qui s'y rattachent, — depuis la formation
de figures ou mots particuliers pouvant graduellement se chiffrer par dizaines de milliers comme en
Chine, juſqu'à la formation d'un bref alphabet ſuffi-
ſant à former les vocabulaires immenſes de notre
Occident, — quelle effrayante série de siècles &
de périodes, de peuples & de races, d'ébauches & de
geſtations, de recherches & de souffrances!

Fiers nous sommes de pouvoir rire des lettrés à
peau jaune qui, dans une vie de labeur, ne savent
jamais tout à fait lire & écrire, de ces savants con-
damnés à l'ignorance, qui ont à manœuvrer pour
leurs travaux & pour leur interminable inſtruƈtion,
un tel amas d'outils encombrants, semblables à des
compoſiteurs dont l'orcheſtre consiſterait en inſtruments donnant chacun une seule note. Soyons

plutôt modeftes en reconnaiffant ce que nous de-
vons aux devanciers de ceux-là & aux nôtres.

Ramener les deffins d'objets, d'actes & d'idées à
un affemblage de traits aifément reconnaiffables &
reproductibles; — *composer,* compofer une propo-
fition en phrafe, une phrafe en mots, un mot en
signes familiers à l'œil, à la main & même à l'oreille,
de manière à tout décompofer & recompofer librement; -- parvenir à l'ufage rapide, prefque inftan-
tané de quelques éléments simples & conftants,
propres à se grouper en combinaifons indéfinies,
— quelle tâche! Comment l'homme, en l'accomplif-
fant, ne croirait-il pas avoir atteint le divin? Comment n'apparaîtrait-elle pas au moins comme la
découverte de l'âme?

Ce qu'on enfeigne en quelques mois à nos enfants, c'eft ce que l'humanité a dû vieillir pour
apprendre : ses lettres, — quelques caractères ifolés,
toujours identiques à eux-mêmes, faifant mariage
& fociété pour des créations sans nombre. Qu'eft-
ce que l'imprimerie, sinon la mobilifation sans
limite de la lettre; & n'eft-ce pas un pur hommage

rendu à la vérité que d'avoir baptifé le travail de compofition de l'efprit humain : les lettres?

Lier la figuration des chofes par fignes & lignes tracés, à l'expreffion par la voix, quelle autre face du problème, du myftère aujourd'hui révélé! Articuler les lettres de même que les fons, deffiner en même temps que l'objet l'émiffion vocale qui le repréfente, parler ainfi de la main & écrire du gofier, mettre d'accord la vue avec l'ouïe & les suppléer l'un par l'autre, unifier les mots écrits avec les paroles prononcées, rétablir enfin dans la pratique la fynthèfe des opérations de l'efprit après tant d'efforts d'analyfe, & réalifer tout enfemble l'écriture & le langage figuratifs, littéraux & phonétiques, — voilà le réfultat.

Tout naturel nous trouvons que la littérature d'un pays s'appelle fa langue, qu'entendre & voir soient également synonymes de comprendre, & qu'après tant de viciffitudes les civilifations, étant parties de livres facrés, repartent maintenant du livre imprimé.

Combien de fois la logique des faits & la conſcience des actes n'apparaiſſent-elles qu'après leur accompliſſement! C'eſt le plus souvent sans le vouloir & sans le savoir que les hommes créent. Les plus grands livres peuvent être ceux dont les véritables auteurs reſtent inconnus ou incertains; & que d'œuvres semblent n'avoir été conçues par perſonne avant de naître, & demeurent preſque inconcevables après !

Réſumer, en dernier terme, tout le travail matériel de la penſée dans la connaiſſance d'un nombre reſtreint de mots avec leurs dérivés & dans le maniement d'une vingtaine de signes aiſés à diſtinguer & à tracer, donner avec ce bref outillage la clef de tout le langage, y compris les sons, — la muſique & le livret, — quelle fortune pour le génie moderne !

Ainſi eſt aſſurée, par l'alphabet court & la lettre mobile, avec une promptitude égale à celle de la parole & pour des multitudes d'hommes à la fois, la notation infaillible de tout ce qui eſt exprimable. Quelques traits suffiſent pour saiſir les infinies vibrations du cœur & du cerveau, pour fixer tous

r.

les phénomènes de vie & toutes les conceptions de
l'Être. En un volume affez mince pour tenir dans
la poche, inférer des tréfors de vérité & le produit
de cycles séculaires, — voilà la merveille de l'écriture imprimée.

Ne difputons pas à Gutenberg la gloire d'avoir
réalifé la grande invention, l'impreffion par affemblage de lettres mobiles enduites d'encre & faifant
empreinte sur papier. Sous chacun de ces mots, que
de difficultés vaincues!

Ne revenons pas aux Chinois & à leurs voifins
d'Afie, qu'arrêtait l'innombrable série de leurs mots
& qui imprimaient cependant, voici tant de siècles,
des deffins & des pages gravés. Ne recherchons pas
si ce fyftème n'aurait pas auffi des antécédents dans
l'antiquité grecque & romaine. Rappelons seulement qu'en France, à Avignon, avant Strafbourg
& Mayence, des effais avaient été pourfuivis pour
la véritable confection artificielle des écrits.

Concluons que notre imprimerie eft le dernier
terme d'une collaboration commune aux proches

voifins de même qu'aux civilifations lointaines, &
louons la vieille France d'avoir développé l'œuvre
avec un rapide & unanime élan, puifque savants
& étudiants, clercs & laïques, rois & miniftres en
ont été les proteéteurs & les collaborateurs.

Élaborée durant des milliers d'années, réalifée en
vingt ans jufqu'à la plus parfaite exécution & dans
ses applications les plus diverfes, voilà l'hiftoire
de l'imprimerie. Le tableau de ses origines chez
nous eft la préface de ses deftinées dans le monde.
Par elle, le savoir s'eft ouvert aux déshérités, & le
pouvoir aux hommes de mérite; les maffes populaires sont nées à l'intelligence confciente, & les
nations au libre gouvernement d'elles-mêmes.

## IV

Eft-il befoin de dire comment des queftions qui
ne peuvent être indifférentes à quiconque lit ou
veut se faire lire, avaient leur place marquée au
programme de l'*École internationale de l'Expofition univerfelle?* C'eft en première page, au premier mot,

que devait y figurer l'imprimerie; & l'une des premières sorties hors de l'enceinte réfervée aux exhi-
bitions devait être pour le pèlerinage à l'Imprimerie nationale.

Que de promenades dans cette enceinte, si l'on
prétendait infpecter, paffer en revue l'armée des ouvriers & des œuvres d'impreffion en tous genres,
avec les procédés & les inftruments dont ils ufent!

C'eft le monde entier du papier, — pour tout ce
qui le fait parler aux yeux; & encore n'imprime-t-on
pas en relief pour les doigts des aveugles? C'eft
le royaume de la gravure, avec ses annexions induf-
trielles toujours groffiffantes, comprenant non plus
le blanc & le noir seulement, mais toutes les couleurs de l'arc-en-ciel. La photographie, genre d'impreffion auquel pourvoit directement la lumière,
sauf à charger enfuite l'imprimerie de myriades
d'opérations nouvelles, & sauf à la servir pour la
typographie même & pour la reproduction précife
de tous traits & deffins marqués sur une surface.

C'eft la peinture, la sculpture & tous les arts
comme tous les métiers qui ont à repréfenter leurs

travaux & à en répandre les images. L'agriculture, qui fournit les pâtes à papier, les bois, les enduits, les encres; la chimie, qui s'occupe maintenant de tout; les sciences & les induſtries, qui procurent les outils & les machines (y compris la machine à compoſer & la machine à écrire, c'eſt-à-dire l'imprimerie individuelle), les métaux & les alliages, les fontes & les clichés, les matières & les ingrédients d'eſpèces multiples.

N'imprime-t-on pas sur tout, & n'impreſſionne-t-on pas tout de nos jours, même les murs, les monuments, les eſpaces plans, les montagnes, les chutes d'eau; même les nuages, où l'on eſſaye de typographier en projetant dans l'eſpace des textes avec des figures lumineuſes par manière de réclame. Car où s'arrête cet empire de la réclame dont les affiches & les annonces ne sont que les troupes régulières?

Mirage, vertige, magie, sorcellerie, aurait paru notre tourbillon d'idées & inventions, d'apparences & illuſions, de lignes & formes changeantes, au bon public d'avant l'imprimerie. Folie ou raiſon supérieure? Le satanique ou le divin? Les deux peut-être; le surhumain, en tout cas. Et nous ne sommes qu'au début de l'expanfion générale humaine.

N'eft-il pas singulier que, malgré le déluge des paroles déverfées dans les oreilles actuelles, les mots manquent pour défigner ce qui se fait de plus important? Encore faut-il en découvrir pour baptifer les découvertes.

Tout se communiquant déformais dans le monde, il se produit une généralité, communauté, univerfalité d'impreffions, de befoins, d'opinions, de paffions, qui tend à faire du genre humain ce que difaient de la Terre elle-même certains philofophes de l'antiquité: un vafte animal. De cette vie collective, les intéreffés se rendent encore malaifément compte. L'animal reffemble à ces êtres fabuleux, plantes encore par le pied, avec corps de bête & tête humaine. Les trois règnes de la nature.

Des Français on dit, avec raifon, qu'ils ont le sens de l'univerfel; de la France, qu'elle eft un centre géographique, & de Paris qu'il eft le rendez-

vous des nations. Mais les notions de solidarité
dans le mal comme dans le bien reſtent encore con-
fuſes & pitoyablement reſtreintes. On la réduit à
des groupes étroits; & d'un groupe à l'autre, État
ou patrie, gouvernements, continents, races, on
cherche son bien dans le mal d'autrui. Même en
famille, dans la famille blanche, on se bat avec
fureur. Au milieu des bruits d'armes, des cris de
haine & des scènes de violence ont dû être pré-
parés, à force de vaillante ténacité, la grande mani-
feſtation pacifique & le concours mondial de 1900.
Encore les prophètes de malheur répétaient-ils :
«On n'ira pas juſque-là, ou après la clôture…!» —
Ne le répètent-ils pas encore?

Pour exprimer l'univerſaliſation qui se révèle
avec tant d'éclat, quel idiome employer, quel dic-
tionnaire conſulter? Même en français, orgueilleux
que nous sommes du génie moderne, ne sommes-
nous pas contraints de recourir aux langues des
temps où l'humanité civiliſée pouvait être unifiée
parce qu'elle ne s'étendait qu'à certaines agglomé-
rations d'une partie du globe? Pour témoigner

l'amour de cette humanité, — sans même s'occuper des autres, dites sauvages ou arriérées, c'eſt-à-
dire trop jeunes ou trop vieilles, — il faut retourner
au jardin des racines grecques & latines, & articuler ces syllabes : *philanthropie*. On ne dit pas *amhu-
manité;* & de fait, les Romains n'étaient guère gens
d'amour déſintéreſſé pour les autres peuples.

Mais qu'on prétende qualifier un homme, une
cité, un peuple voué à l'union de toute l'humanité,
en ce temps où l'on court l'univers & où l'on fré-
quente la totalité des hommes, quelles expreſſions
imaginer ? Quels synonymes, même tirés du grec
& du latin, aux termes français *tout & univerſel?* Paris
*philanthropique,* paſſe; mais *pananthropique* semblerait
bizarre. *Omnihumain* n'eſt pas satisfaiſant, & le compoſé *touthumain* n'eſt pas de règle. Heureuſement,
on n'attend pas les mots pour faire les choſes.

L'œuvre d'éducation internationale qui, faute
de meilleure dénomination, s'eſt baptiſée *École des
Expoſitions,* devait faire appel à tous, à ceux qui
savent comme à ceux qui ignorent; car les uns ne

peuvent pas avoir moins souci que les autres de
s'inftruire. Elle choifit de préférence les sujets
d'étude dont l'intérêt eft commun, & dans lefquels
la pratique peut se joindre à la théorie, l'exemple
au précepte & le progrès à l'hiftoire. — Dis-moi
d'où tu viens, je te dirai où tu vas.

École mutuelle où maîtres & étudiants sont de
tout âge & de toute origine, de toutes conditions
& profeffions; sans claffes autres que celles de l'Expofition même, sans cours à suivre, sans perfonnel
fixe d'auditeurs, avec le concours de quelques or-
ganifateurs permanents & de conférenciers volon-
taires. Série d'entretiens & d'expofés généraux ou
spéciaux; leçons-guides, vifites & explications sur
place, démonftration par les faits, leçons de chofes,
enfeignement par l'afpeƈt.

Se réunir & faire entre adhérents échange d'impreffions, — premier réfultat qui équivaut à un
bienfait. Pouvoir se retrouver, se reffaifir durant le
séjour à Paris & plus tard de si loin que ce soit,
après contaƈt d'une heure, de quelques jours, d'un
mois ou davantage, — quelle création de forces!

Cellules vivantes entraînées dans l'afflux de la foule à Paris, les individus peuvent ainſi se grouper suivant leurs affinités & leur deſtination. Par les globules charriés de toutes les parties du globe ſe forment des courants & s'établit la circulation de chaleur, de ſenſibilité & d'action collective. C'eſt la conſtitution d'un ſyſtème cardiaque & d'un réſeau nerveux reliant tous les centres de l'organiſme total.

Graduellement, le cours des eſſais ſe régulariſe. 1867, 1878, 1889, 1900, montrent que les nations s'habituent à envoyer leurs enfants à l'école, à l'atelier, au magaſin des produits, avec fréquence relative & non sans utilité croiſſante. A chaque convocation, on dit : « C'eſt la dernière ! » Oui, la dernière pour nombre de perſonnes ; & qui peut s'engager à revenir de dix ans en dix ans, surtout s'il demeure loin ? Mais dans les générations qui se suivent les mêmes beſoins s'accentuent. Pourquoi l'École internationale par excellence, l'inſtitution des Expoſitions univerſelles, ne serait-elle pas aſſurée de ses deſtinées par l'exemple qu'un peuple aura donné

avec une initiative, une ingéniofité, une obftina-
tion si méritoire ? Jugera-t-on néceffaire de changer
de lieu, de convoquer les camarades & les rivaux à
intervalles rapprochés sous toutes les latitudes ? La
France, avec sa situation médiane, sa température
moyenne, son sol & son climat variés, avec ses tra-
ditions de sociabilité & son inconteftable droit d'aî-
neffe parmi les familles civilifées, n'offre-t-elle pas
un fiège fort acceptable de réunions dans l'Europe,
en attendant que l'Amérique, l'Afie & l'Afrique,
entrant en pleine puiffance, fourniffent à leur tour
les points d'attraction majeure ?

Toujours convient-il d'enregiftrer les succès ac-
tuels que les Français n'ont apparemment pas volés,
car la paix n'eft pas le vol. Félicitons-nous que
l'idée réalifée sous la définition modefte & incom-
plète d'École internationale, ait pris forme déci-
five dans notre capitale, en admettant qu'elle ne
soit que nôtre. Heureux seront les promoteurs,
parmi lefquels nous vifons avec satisfaction des
personnes préfentes, d'avoir rempli la tâche actuelle
en préparant celle de l'avenir, — sous le patronage

de l'homme d'État dont le nom eſt attaché aux nobles tentatives de conciliation internationale & aux Congrès diplomatiques de paix.

Sommairement, en quoi conſiſte cette organiſation ? En un groupe français ouvert à tous ceux qui parlent notre langue & en groupes étrangers pour les adhérents qui préfèrent écouter chacun la sienne; en un faible cadre de direction, pour un contingent inceſſamment renouvelé d'enſeignants & d'enſeignés. Car pour un temps très variable viennent les viſiteurs à l'Expoſition.

Américains, Anglais, Allemands & Ruſſes ont pu aviſer à leur groupement collectif. Suiſſes, Belges, Italiens, Eſpagnols, Portugais, Norvégiens, Suédois, Hollandais, Hongrois, combien d'hôtes étrangers se sont joints à nos réunions françaiſes! Et pourrions-nous omettre nos parents d'Amérique, les chers Canadiens, nos frères & concitoyens ou sujets coloniaux, les anciens amis & clients qui, même sous une suzeraineté étrangère, reſtent liés d'affection à la France, les Libanais, les habitants d'Orient & d'Extrême-Orient, du Midi ou du Centre américain, enfin tous ceux qui veulent bien, chez nous, se confidérer comme chez eux ? Et qui n'eft chez soi dans ce Paris de 1900, où flottent les pavillons & s'élèvent les palais de tous les États ?

Le tableau des conférences & des vifites effectuées ou annoncées par les soins du groupe français montre affez quelle eft la philofophie de l'œuvre.

Avec des dépenfes relativement minimes & grâce aux concours nombreux & défintéreffés dont on garde réelle gratitude, on a tenté de mettre en lumière tout ce qui montre le labeur des siècles & ses réfultats. On a étendu les inveftigations sur tout ce que la production d'une nation offre de plus marquant en agriculture, induftrie & commerce, en sciences, lettres & arts, en économie politique, services publics & organifation sociale, en reffources & befognes de toute nature.

Outre les conférences & vifites de l'Expofition, on a comploté des incurfions au dehors dans les établiffements & les inftitutions les plus célèbres de notre pays, afin d'y étudier les fonctions & les organes généraux de la vie civilifée. Notamment,

pour l'enfeignement, à la Sorbonne; pour les antiquités hiftoriques & préhiftoriques, au Mufée de
Saint-Germain; pour l'art de tous les temps, au
Louvre; pour la protection de la santé publique
contre les pires fléaux, à l'Inftitut Pafteur; pour
l'hiftoire même de Paris, au pavillon spécial de la
Ville.

Mais au livre & à l'imprimerie étaient dues les
premières attentions, de même que les principales
vifites à la Bibliothèque nationale, mufée & ma-
gafin des écrits, à l'Imprimerie nationale, confer-
vatoire & atelier des arts & travaux d'impreffion.

Les deux inftitutions ne se sont-elles pas affo-
ciées pour l'hommage rendu par la France à Gutenberg, lors du récent jubilé célébré à Mayence ?
C'eft l'une qui a reproduit, avec la perfection qu'on
sait, les monuments primitifs confervés par l'autre,
& le mémoire fait en l'honneur du grand inventeur par l'éminent & si profondément sympathique
adminiftrateur général, M. Léopold Delifle, qui a
rétabli l'hiftoire même de la découverte, & prouvé

une fois de plus le rôle de la science & du travail français, en y affociant notre cher & tant regretté ami, M. Thierry-Poux, & d'autres collaborateurs si diftingués. Nouvel in-folio, dont les deux établiffements frères ont droit de s'enorgueillir, & notre public auffi; pièces d'honneur de la bibliographie & de la typographie françaifes à l'Expofition univerfelle.

C'eft en 1471 que gloire était faite pour la première fois, dans une imprimerie de France & par la Sorbonne même, à Gutenberg, que l'on ne canonifait pas, que l'on divinifait prefque. C'eft au mois d'août 1456 que M. Léopold Delifle fait remonter, par la date du travail d'enluminure, l'apparition de cette fameufe *Bible à 42 lignes,* qui a été achetée à Metz vers 1790, en remettant au second plan le *Pfautier de 1457,* précédemment confidéré comme le doyen des livres connus avec date certaine, & en reportant à 1461 & 1462 la *Bible à 36 lignes,* d'après une note du rubricateur.

Mais ne prétendons pas nous immifcer dans les secrets & les luttes de la bibliographie. Batailles partout, en ce monde! Qu'il nous suffife de fixer approximativement vers 1450 l'acte de naiffance de l'Imprimerie. Les grandes naiffances, quel myftère trop souvent!

Modeftement nous ferons vifite à l'Imprimerie nationale. Richelieu a commencé il y a 260 ans.

Paris & la France ne sont pas tout entiers au Champ de Mars, au Trocadéro & aux Invalides, aux Champs-Élyfées & à l'annexe de Vincennes. Partout où le génie a paffé, aiment à venir les curieux de la science, de l'art & de la vie.

Merci encore à M. le Directeur, & prions-le de prendre la parole en nous excufant de l'avoir trop longtemps gardée.

Louis HERBETTE.

# AVANT-PROPOS

DE M. A. CHRISTIAN

MESDAMES, MESSIEURS,

L'homme tout naturellement défigné pour faire
une conférence sur l'Origine de l'Imprimerie & la
reproduction des incunables à l'Expofition, c'était
M. Claudin, un érudit d'une compétence inconteftable en la matière; mais, lorfque je le priai de
vouloir bien faire cette conférence, il me répondit
que le fameux proverbe : «Ce que l'on conçoit
«bien s'énonce clairement» n'était pas vrai pour
lui & il s'eft récufé.

Voilà pourquoi c'eft moi, inftruit par M. Claudin,
qui vais vous entretenir de ce que je fais depuis
peu.

Auffi bien j'aurais mauvaife grâce à refufer mon
concours à mon patron & ami, M. Léon Bourgeois,
Préfident de l'École internationale. J'ai mille rai-
fons perfonnelles de lui être reconnaiffant; mais
combien je lui fais gré d'avoir toujours confervé,
au milieu des tracas dévorants de la politique, le
culte & le souci conftant de l'idéal & de la poéfie,

& d'avoir su exprimer dans une langue nettement françaife d'auffi nobles idées avec un charme qui lui a conquis les sympathies de tous & l'affection de beaucoup!

Lorfqu'en 1895, j'eus l'honneur d'être choifi par M. Trarieux, alors Garde des sceaux, pour diriger l'Imprimerie nationale, je fus, en prenant poffeffion de mon pofte, défireux de compléter le goût que j'avais du livre par des connaiffances nouvelles acquifes rapidement. Dès les premiers jours, je fis, à cet effet, des recherches dans la belle bibliothèque de l'établiffement, mais elles demeurèrent infructueufes, & M. Héon, mon excellent collaborateur, m'apprit, à mon grand étonnement, que ce que je cherchais n'exiftait pas!

Or, on parlait déjà de l'Expofition de 1900; j'avais donc à me préoccuper de faire un livre conftituant à la fois & un effort de typographie & une œuvre utile; je songeai à l'hiftoire de l'Imprimerie & m'en ouvris à M. Claudin. Ce fut avec un véritable enthoufiafme qu'il accepta, & pendant cinq années, parcourant l'Europe & amaffant des documents, il travailla sans relâche.

Je lui demande ici pardon de l'avoir un peu pouffé, un peu perfécuté même; mais il sait bien que si je me suis montré exigeant, c'eft que j'avais à cœur de mener à bien cette entreprife coloffale, qui comprendra cinq volumes & 3,000 reproductions.

Quoique mon rôle soit moins important que le sien, je suis fier cependant d'avoir conçu l'idée, d'avoir obtenu le concours du maître & surtout d'avoir pu exécuter en cinq ans une œuvre auffi confidérable & auffi utile.

Je diviferai mon sujet de la façon suivante :

1ʳᵉ PARTIE. Écriture artificielle avant Gutenberg.

2ᵉ PARTIE. Gutenberg.

3ᵉ PARTIE. Établiffement de l'imprimerie en France. — De La Pierre & Fichet.

4ᵉ PARTIE. Le premier livre français imprimé à Paris. — Pafquier Bonhomme.

5ᵉ PARTIE. La gravure introduite dans le livre. — Jean Du Pré.

6ᵉ PARTIE. La première affiche. — Le Grand pardon de Notre-Dame de Reims. — Jean Du Pré.

7ᵉ PARTIE. Les premières marques d'imprimeurs (1485). — Les Livres d'Heures illuftrés français.

8ᵉ PARTIE. Les nouvelles du jour. — Le Caron & Le Noir, précurfeurs du journal.

9ᵉ PARTIE. Les premiers indicateurs des rues de Paris.

L'*Hiftoire de l'Imprimerie en France* a été compofée en caractères Garamond, dont l'Imprimerie nationale poffède les matrices. Je me félicite d'avoir fait ainfi revivre ces types admirables, qui ont servi pour l'impreffion de l'*Imitation de Jéfus-Chrift,* premier volume que l'Imprimerie royale ait fait paraître en 1640, par ordre de Richelieu.

Arthur CHRISTIAN.

# CONFÉRENCE

FAITE AU PALAIS DU TROCADÉRO

LE 25 JUILLET 1900

## PREMIÈRE PARTIE

### ÉCRITURE ARTIFICIELLE AVANT GUTENBERG

 *L faut remonter à une époque beaucoup plus ancienne qu'on ne le croit généralement pour retrouver la première idée de multiplier l'image ou l'écriture par des moyens artificiels, qui est en quelque sorte le germe de l'imprimerie. Un mode d'impreſſion, qui ne reſſemble en aucune manière à l'imprimerie telle que nous la pratiquons aujourd'hui en Europe, était en usage bien avant nous dans l'Extrême-Orient. On gravait à l'envers, sur des blocs ou planches de bois, des textes sacrés ou des images; après les avoir enduits de noir*

& les avoir frottés ou preßés à la main, on reproduisait isolément ces blocs, qui formaient ainſi des pages imprimées d'un seul côté & qu'on réuniſſait enſuite dos à dos pour en faire un volume.

Ce procédé primitif ne permettait pas une reproduction rapide & indéfinie comme la véritable imprimerie, mais il préſentait déjà un avantage sensible sur les livres copiés à la main.

Des paſſages d'auteurs chinois, cités par M. N. Rondot, nous apprennent que l'on aurait commencé à imprimer de cette façon en Chine vers la fin du vie siècle de notre ère (de 581 à 593). C'eſt, on en conviendra, une date fort reſpectable.

De 960 à 1278, sous la dynaſtie des Soung, l'imprimerie tabellaire, c'eſt-à-dire l'impreſſion faite sur des tablettes ou blocs de bois, prit un grand développement & atteignit preſque à la perfection.

M. Collin de Plancy, notre chargé d'affaires en Corée, cite une réimpreſſion du Tripitaka, ou grande collection des livres sacrés du Bouddhisme, faite au xve siècle sur les planches gravées au xe. Cet ouvrage, conſervé à Tokio, eſt formé de 6,589 fascicules.

*Plusieurs ouvrages de ce genre, dus à l'obligeance de M. Collin de Plancy, figurent à l'Expofition univerfelle.*

*Lors du voyage qu'il fit en Chine en qualité d'envoyé du Gouvernement français, M. N. Rondot, dont nous venons d'invoquer le témoignage, a vu & tenu en main des deffins & des infcriptions gravées sur bois, exécutés à la fin du XII⁺ siècle. Ces planches étaient affez bien confervées pour qu'on ait pu en faire de nouvelles épreuves sous ses yeux.*

*Des planches gravées sur bois au XI⁺ siècle & ayant servi à imprimer sont confervées à la bibliothèque de Tokio au Japon.*

*On prétend que l'impreffion en caractères mobiles aurait été pratiquée en Corée dès 1317, mais on ne poffède à l'appui de cette affertion aucun ouvrage de cette période.*

*Il exifte des livres gravés de 1317 à 1324. Le Mufée Britannique à Londres poffède deux livres de ce genre, dont l'un eft daté de 1368.*

Le Livre sacré des litanies de Bouddha, *qui se voit à l'expofition de l'Empire de Corée, au Champ de Mars, avenue de Suffren, eft également gravé sur des planches de bois & porte la date de 1361.*

*Voici maintenant des documents plus importants, que*

*chacun sera à même de vérifier & de contrôler ici même,*
*dans l'enceinte de l'Expoſition univerſelle.*

*Dans les vitrines du pavillon de la Corée, on pourra*
*voir un livre de format petit in-quarto, imprimé sur du*
*papier mince & jaunâtre, qui a pour titre :* Le Traité
édifiant des Patriarches raſſemblés, *par le bonze Paik-*
*Sun. A la dernière page, on trouve cette mention :* En 1377,
à la Bonzerie de Heung-tek, diſtrict de Tchyang-
t'jyou. IMPRIMÉ EN CARACTÈRES FONDUS.

*Hâtons-nous de dire que les pages de ce livre, qui sont*
*imprimées d'un seul côté, n'ont en aucune manière l'aſpeɛt*
*des nôtres. Au lieu de lignes tranſverſales, diſpoſées régu-*
*lièrement & formées de mots séparés par des blancs conve-*
*nables, ce sont des colonnes de caraɛtères repréſentant des*
*mots rangés verticalement comme une succeſſion d'empreintes*
*ou de cachets.*

*Un autre ouvrage en trois volumes petit in-folio allongé,*
*qui figure à l'expoſition coréenne, n'eſt pas moins intéreſßant*
*à étudier. Il eſt intitulé :* Planches figurant les belles
aɛtions dues à l'obſervation des trois Devoirs fon-
damentaux, *& a été imprimé en 1484, par ordre du roi*
*Syei-Tjong, avec des types mobiles de cuivre. On y remarque*

des figures sur bois qui reßemblent aßez exactement à certaines illuſtrations de livres imprimés à Lyon au XVᵉ siècle

En 1403, un décret de Htai-Tjong, troiſième souverain
de la dynaſtie régnante, ordonna de fondre 100,000 types de
cuivre. Tous ses succeßeurs s'intéreßèrent à cette invention.
Jusqu'en 1544, on trouve mention de onze décrets royaux
relatifs à la fonte des caractères ou à l'impreßion d'ouvrages
au moyen de caractères mobiles.

Après 1544 & jusqu'en 1770, le silence se fait sur ce genre
d'imprimerie, auquel on semble préférer l'impreßion fixe ou
tabellaire sur planchettes de bois. Il eſt bon de dire, en pas-
ſant, que les caractères coréens, qui sont les mêmes que ceux
des Chinois quoique la langue soit différente, comprennent
plus de 40,000 signes divers & que, même en les réduisant
conventionnellement à leur plus simple expreßion, la compoſition en types mobiles devait exiger un temps conſidérable
pour la recherche de la lettre néceßaire au texte, & l'on
avait plus tôt fait de la graver. C'eſt, selon nous, la princi-
pale cause pour laquelle l'imprimerie en caractères mobiles
n'a pu prendre en Extrême-Orient le développement qu'elle
était appelée à prendre en Occident avec l'alphabet latin,
infiniment moins compliqué.

En 1770, le roi Yeng-Tjong fait revivre l'imprimerie en types mobiles en prescrivant la fonte de 300,000 caractères de cuivre, qui servirent jusqu'en 1797 à l'impression de nouveaux ouvrages. Ces caractères ont été remplacés depuis par des caractères de plomb ou de métal ordinaire d'imprimerie.

De nos jours, la presse coréenne prend un développement rapide; elle compte six ou sept journaux quotidiens uniquement rédigés en langue coréenne.

Telle est, en résumé, l'histoire de l'imprimerie en Corée. Nous avons puisé nos renseignements dans les notices qui accompagnent les monuments typographiques de cette contrée lointaine, exposés actuellement à Paris. Cette exhibition, qui comprend des impressions de toutes les époques, est fort intéressante & unique dans son genre. Il eût été à désirer que la Chine & le Japon eussent présenté des séries analogues qui auraient complété ce rapide exposé.

Le fait de l'emploi de caractères mobiles par les Coréens à une époque reculée nous avait déjà été révélé, il y a dix-huit mois, par le docteur Garnett, alors directeur du département des imprimés au Musée Britannique de Londres. Un missionnaire anglais lui avait proposé l'acquisition d'anciens caractères typographiques de cuivre qu'il avait trouvés dans le pays. Nous ne savons quelle suite le Musée Britannique a donnée à cette affaire. Il eût été intéreßant d'étudier ces types afin d'eßayer de découvrir le procédé employé pour les mettre en œuvre.

Il paraît que l'impreßion tabellaire ou xylographique n'était pas tout à fait inconnue des Arabes, plus rapprochés de nous. M. le profeßeur Dziatzko, bibliothécaire de l'univerfité de Gœttingue, a donné tout récemment la reproduction phototypique d'un fragment du Coran imprimé par ce procédé rudimentaire au $x^e$ siècle.

En Europe, l'impreßion tabellaire a commencé par les cartes à jouer, vers la fin du $xiv^e$ siècle. C'étaient de simples moules großièrement taillés dans le bois; on les appliquait sur le papier ou le parchemin, que l'on coloriait enfuite.

Puis on a gravé sur des planches de bois des images de sainteté & de dévotion pour les pèlerinages. L'impreßion s'obtenait en frottant avec un tampon de drap une feuille de papier placée sur la gravure enduite d'une couleur noire ou biſtre à la détrempe. C'était à peu près le même procédé que celui des Orientaux, avec la différence que le papier de Chine, étant plus abforbant, se prêtait mieux à l'impreßion que le papier de chiffon, plus dur & plus confiſtant, fabriqué en Europe. C'eſt alors qu'on dut avoir l'idée de l'amollir en l'humeĉtant légèrement, car il eût été impoſſible d'imprimer à ſec ſur le papier de cette époque, qui était rugueux & épais comme de la carte.

On exécuta par ce procédé des ſuites de figures de la Bible connues ſous le nom de Bible des Pauvres, parce qu'elles étaient deſtinées au peuple, qui n'avait pas le moyen d'acheter les livres manuscrits réſervés aux gens riches.

On connaît encore d'autres ouvrages du même genre, tels que les Figures de l'Apocalypſe; l'Ars moriendi, ou l'Art de bien mourir, & le Speculum humanæ salvationis, ou Miroir de la Rédemption humaine.

On imprima en Hollande des grammaires latines à l'usage des enfants, appelées des Donats, du nom d'un grammairien latin qui en était l'auteur & dont on reproduisait le texte. Les impreſſions furent d'abord tabellaires, c'eſt-à-dire exécutées avec des planches de bois fixes, comme en Chine. On les a appelées auſſi xylographiques, de deux mots grecs (ξύλον «bois» & γράφειν «écrire») qui signifient littéralement «écriture sur bois».

On ajouta enſuite aux planches d'images des légendes ou explications qui furent d'abord gravées en relief à même sur le bloc de bois, puis, afin de faire servir les mêmes figures dans d'autres ouvrages, au lieu de les regraver en entier, on remplaça les infcriptions ou explications par d'autres qui furent imprimées au-deffous en caractères mobiles de bois, de plomb, d'étain ou de laiton, à mefure qu'on trouvait des perfectionnements dans la pratique. Tous ces livres étaient anopiftographiques, c'eft-à-dire imprimés d'un seul côté en feuilles réunies dos à dos. Nous n'étions pas plus avancés alors que les Coréens du fond de l'Afie.

Un bibliographe anglais, M. Robert Curzon, a émis l'opinion que l'idée de l'impreffion tabellaire ou xylographique a pu être suggérée aux Hollandais à la vue de livres chinois imprimés, que d'anciens voyageurs, dont les noms nous sont inconnus, auraient rapportés de ces contrées lointaines.

Le même auteur mentionne un certain Panfilo Caftaldi, de Feltre près Venise, qui, vers la fin du XIVᵉ siècle, aurait intercalé dans des placards d'édits, de bulles de papes & autres documents manuscrits, des lettres initiales imprimées par un procédé qui lui était particulier. Selon lui, des planches de bois gravées que Marco Polo, le célèbre voyageur vénitien, aurait rapportées du royaume de Cathay, comme on appelait alors la Chine, en auraient donné l'idée à Caftaldi.

2.

Les Italiens, par excès de patriotisme sans doute, ont songé à élever une ſtatue à Panfilo Caſtaldi, dont ils ont voulu faire un inventeur de l'imprimerie : suppoſition gratuite, car bien avant lui on se servait de moules en bois figurant la lettre ; on employait même des lettres à tige comme en ont les relieurs pour pouſſer les titres sur le dos des volumes. Ces lettres, enduites de matière colorante, étaient appliquées par une preſſion plus ou moins forte dans les eſpaces réſervés pour les initiales de début dans les manuſcrits. Il paraît que, de ce chef, nous n'avons rien à envier aux Orientaux. M. Curzon cite deux livres de ce genre qui remonteraient au Vᵉ ou au VIᵉ siècle.

L'un eſt l'Évangéliaire, traduit en langue mœſo-gothique par Ulfilas, écrit en lettres d'or & d'argent & connu sous le nom de Codex argenteus, que l'on conſerve à la bibliothèque de l'univerſité d'Upſal, en Suède.

L'autre serait un magnifique manuſcrit des Évangiles, qui appartient à la bibliothèque du chapitre de Vérone, en Italie. M. Robert Curzon, en l'examinant attentivement, a été amené à faire les obſervations suivantes : Dans quelques lettres, le vélin a été percé ou coupé par les arêtes trop vives d'un corps métallique ; en outre, certaines initiales, appliquées à chaud, paraißent brûlées; d'autres, par suite d'une trop forte preßion, ont vacillé sur leur base & sont brouillées.

Un savant Italien, l'abbé Vincenzio Requeno, a écrit une dißertation pour démontrer que ce procédé, qu'il nomme chirotypographie, c'est-à-dire «impreßion à la main», était en usage en Italie au moyen âge; entre autres exemples, il cite une Bible manuscrite du x<sup>e</sup> siècle, qu'il a vue dans la bibliothèque du cardinal Barberini, à Rome, & dont les initiales lui ont paru avoir été imprimées à la main.

En France, nous avons des exemples analogues. Deux manuscrits du XIII<sup>e</sup> siècle provenant de la bibliothèque de l'abbaye de Vauclerc, & conservés aujourd'hui à la bibliothèque de Laon sous les numéros 106 & 427, présentent la particularité d'initiales en couleurs obtenues à l'aide de lettres mobiles de bois ou de métal gravées en relief comme des lettres d'imprimerie.

Il y a loin de là à l'invention de l'art typographique. Si l'on admettait cette théorie, on risquerait fort de s'égarer & l'on pourrait dire que les Romains, eux außi, ont été, dans une certaine mesure, les précurseurs de Gutenberg. Il existe, en effet, dans plusieurs cabinets d'antiquités, des sceaux ou cachets de bronze, plus ou moins grands, sur *lefquels sont gravés en relief, au burin, des caractères, des noms propres, des qualifications. Il eft tel de ces cachets qui a jusqu'à 6 & 7 centimètres de longueur & qui porte deux ou trois lignes de caractères. Les lettres ont été gravées de droite à gauche, à rebours, de manière à reparaître dans leur vrai sens, en dépofant sur leur relief une couleur ou une encre quelconque afin d'obtenir leur reproduction au moyen d'une preffion manuelle.*

*Nous n'avons pas d'ailleurs à nous arrêter à ces subtilités d'interprétation. L'imprimerie, telle que nous la comprenons, ne confifte pas seulement dans une empreinte quelconque sur le papyrus, le parchemin ou le papier, mais auffi & surtout dans la reproduction rapide & illimitée de l'écriture ou de la parole. C'eft, comme l'a défini Brébeuf, un poète du temps de Louis XIV,*

> . . . . . . . . . . . . . . un art ingénieux
> De peindre la parole & de parler aux yeux
> Et, par des traits divers, des figures tracées,
> Donner de la couleur & du corps aux penfées.

*L'impreffion en caractères mobiles n'a guère été pratiquée que vers le milieu du XVᵉ siècle.*

*Des effais avaient cependant été faits à Avignon dès 1444.*

Un certain Procope Waldfogel, orfèvre de Prague, homme d'un esprit inventif, était venu se fixer dans cette ville. Il apportait avec lui divers secrets d'arts & métiers, dont le plus important était l'art d'écrire artificiellement (ars scribendi artificialiter), ainsi dénommé dans des documents authentiques du temps, découverts par l'abbé Requin.

Il est question, en effet, dans des contrats passés pardevant notaire, de « lettres, bien & justement taillées en fer selon la science & pratique de l'écriture mécanique », & d'engins de bois, d'étain & de fer, sans autres détails.

Waldfogel prend des associés qui lui apportent les fonds nécessaires pour compléter son outillage. Mais ses essais ne paraissent pas avoir produit de résultat pratique, car il disparaît au bout de deux ans en laissant des dettes, & son matériel est vendu à un serrurier.

Des imprimeurs d'images s'étaient constitués en confrérie avec les enlumineurs & les sculpteurs dès 1417, à Anvers, ainsi qu'il résulte de recherches communiquées à l'Académie de Belgique par M. L. de Burbure, & à Bruges, en 1451, d'après des documents d'archives découverts par M. Scourion.

Pareil fait a été relevé à Augsbourg en 1417 & à Ulm en 1441. On a les noms de quelques-uns de ces artisans, tels

que Wilhelm Kegel à Nordlingen en *1428* & *Henne Cruse
à Mayence en 1440.*

Il y a des dates encore plus anciennes pour la France.
Dans un document d'archives, un nommé Barthélemy de
Piſtorie eſt qualifié d'imprimeur à Limoges en *1381* &
il n'eſt pas le seul, car M. Claudin, qui l'a mentionné dans
ses Origines de l'Imprimerie à Limoges, cite encore
Jean Faure ou Fabri de Lavillate, qui exerçait au même
titre en *1441.* Ces prétendus imprimeurs ne sont pas des
typographes, mais des imagiers *ou des cartiers.* Ces derniers
figurent d'ailleurs à partir de *1444* dans les rôles d'im-
poſitions de métiers de la ville de Lyon, sous la dénomination
de tailleurs de molles *ou de moules* de cartes.

DEUXIÈME PARTIE

GUTENBERG

ONNEUR *à Gutenberg! C'eſt celui que la tradition populaire & les faits dé-ſignent comme le véritable inventeur de l'art pratique de l'imprimerie. De toutes les inventions que le génie de l'homme a créées, aucune n'a plus con-tribué à son émancipation intelleſtuelle que l'imprimerie, manifeſtation matérielle de la penſée humaine dans le monde entier, à travers les siècles.*

*Dès les temps les plus reculés, l'homme s'eſt efforcé de fixer la penſée & la parole par des moyens artificiels. Les*

3

hiéroglyphes & les lettres de l'alphabet ont été les premiers signes employés. L'écriture, qui en a été le développement naturel, s'est perpétuée à travers les âges. « La parole vole, les écrits restent. »

Mais ce mode de transmission des éléments qui constituent l'histoire de l'humanité était subordonné à la plume de l'écrivain ou du copiste. La diffusion des lumières de la science ne pouvait s'opérer que très lentement. Quelques privilégiés étaient seuls à en profiter. Des moines, retirés à l'ombre des cloîtres, passaient leur vie à copier des manuscrits qui représentaient souvent des fortunes entières & n'étaient pas à la portée du plus grand nombre.

L'imprimerie, en multipliant rapidement & à l'infini les livres, a changé la face des choses & ouvert des horizons nouveaux; elle a dissipé les ténèbres de l'ignorance, répandu à flots la lumière sur le monde & vulgarisé la science pour le plus grand profit de tous, sans distinction de races, de religions & d'opinions.

Après quelques essais infructueux à Strasbourg, Gutenberg vient se fixer à Mayence. Là, continuant en secret ses expériences, il finit par surmonter les difficultés matérielles qui l'avaient arrêté jusqu'alors.

*La preße remplaçait le frotton des cartiers; une encre moins fluide & plus confiſtante, ne faisant plus baver les contours de la lettre & les traits de la gravure, était trouvée. Les caraɛlères en métal réſiſtant, fondus dans des moules, venaient s'aligner régulièrement au lieu & place des lettres en bois ou sculptées une à une dans le bois ou le plomb. Pluſieurs pages compoſées & maintenues dans des ais ou châſſis s'imprimaient à la fois du même coup de preße. Un repérage parfait permettait d'imprimer les autres pages correſpondantes au verso. Le problème si longtemps cherché de la multiplication illimitée du livre était enfin réſolu. L'imprimerie était inventée.*

*Ce fut une véritable révolution; le moyen âge, sur le point de diſparaître, laißait entrevoir l'aurore de la Renaißance & des temps modernes. La preße allait devenir le levier le plus puißant & conquérir le monde.*

*On a cherché à ternir la gloire de Gutenberg en prétendant qu'il n'avait rien inventé & que l'imprimerie était connue longtemps avant lui. Mais un témoignage formel, découvert il y a quelques années seulement, le proclame l'inventeur de la véritable typographie & coupe court à toute discuſſion.*

*Les premiers imprimeurs venus des bords du Rhin à Paris, en 1470, Ulrich Gering, Michel Friburger & Martin Crantz, déclarent en pleine Sorbonne que c'est un nommé Jean, dit Gutenberg, qui autrefois, le premier de tous, aux environs de Mayence, a inventé l'art de l'imprimerie, avec lequel ils font présentement des livres, non avec la plume, mais avec des lettres de métal.*

*Il y a la différence du jour à la nuit entre les procédés plus ou moins informes dont on s'était servi avant lui & ceux de la typographie proprement dite; celle-ci est devenue un art véritable, que Gutenberg a su mettre au point et qui va sans cesse en se perfectionnant[1].*

*En 1457 paraissait à Mayence le texte latin du Psautier, premier livre imprimé en caractères mobiles de fonte portant une date certaine, & à la fin duquel on déclarait,*

---

[1] Il est intéressant de comparer les tirages faits à la presse dont se servait Gutenberg avec ceux exécutés par les machines perfectionnées en usage aujourd'hui. Alors que l'on tirait à peine, sur la presse primitive de Gutenberg, une centaine d'exemplaires par jour, l'on obtient avec la machine Derriey, exposée au Champ de Mars & appartenant à l'Imprimerie nationale, près de quatorze millions d'exemplaires en vingt-quatre heures, grâce à la multiplication de la composition par la stéréotypie ou par la galvanoplastie & à l'agrandissement des formats.

à la face du monde civilisé, que le préſent volume avait été façonné comme dans un moule, sans aucun trait de plume, par une ingénieuse invention d'imprimerie & d'aſſemblage de caractères.

On avait imprimé par le même procédé une Bible qui fait encore aujourd'hui l'admiration des connaiſſeurs. C'eſt également au moyen de l'impreſſion typographique que se fabriquaient dès *1455* certains billets d'indulgence, vendus aux fidèles à beaux deniers comptants, comme on vend de nos jours les billets de loterie ou les bons de l'Expoſition.

Avant de quitter Gutenberg, parlons du cinquième centenaire & des fêtes données en son honneur à Mayence.

L'Imprimerie nationale a envoyé à l'Expoſition de Mayence un volume reproduisant les ſpécimens des premiers livres imprimés par Gutenberg : *La* Bible à 42 lignes, *la* Bible à 36 lignes & *le* Pſautier liturgique, réunis dans une vitrine de la Bibliothèque nationale.

Un éditeur de Paris, M. Pelletan, a voulu, lui auſſi, honorer Gutenberg & il a expoſé un volume très remarquable. Je ne puis réſiſter au plaiſir de lui adreſſer mes bien vives & bien sincères félicitations. Il entre réſolument dans *une voie nouvelle & fera faire au Livre un grand pas, grâce à son goût sûr & à sa perfévérance.*

 *L'annonce de la découverte de cet art merveilleux de l'imprimerie, tenu jusqu'alors dans l'ombre & le myſtère, émut le roi de France Charles VII, qui réſolut sans plus tarder d'en faire profiter le pays. Le 4 octobre 1458, il envoya à Mayence Nicolas Jenſon, de Sommevoire en Champagne, graveur de la Monnaie de Tours, avec miſſion secrète de prendre des informations sur l'art nouveau & de dérober subtilement l'invention. Une fois arrivé à Mayence, Jenſon chercha à pénétrer dans les ateliers de typographie. Ce n'était pas choſe facile, car le secret était bien gardé. Nul n'était admis sans avoir juré sur les Evangiles de ne rien révéler à qui que ce fût de ce qu'il apprendrait. Waldfogel, en vue de se garantir de toute indiscrétion, avait fait de même à Avignon quatorze ans auparavant (en 1444), à l'égard de ses aſſociés qui lui baillaient des fonds pour ses expériences d'écriture artificielle. Jenſon se soumit à cette clause rigoureuse, eſpérant bien tôt ou tard être relevé de son serment.*

 *Après avoir paſſé trois années à apprendre le métier dans tous ses détails, Jenſon s'apprêtait à rentrer en France lorsqu'il reçut coup sur coup la nouvelle de la maladie du roi, son protecteur, & de sa mort, survenue le 21 juin 1461.*

*S'étant renseigné sur les dispositions du nouveau monarque, il apprit que Louis XI faisait maison nette & n'avait, suivant l'expression d'un historien, que trop de penchant à détruire l'ouvrage de son père.*

*Etant données les circonstances, l'ancien graveur de la Monnaie royale jugea prudent de rester à Mayence comme simple ouvrier, en attendant une occasion favorable pour partir. Elle ne tarda pas à se présenter. Dans la nuit du 28 octobre 1462, la ville de Mayence fut prise & livrée au pillage par les troupes d'Adolphe de Naßau. Ces désordres eurent pour résultat immédiat d'arrêter les travaux d'imprimerie; les ateliers furent fermés. Les ouvriers, déliés de leur serment pour force majeure, se disperfèrent & allèrent chercher fortune en se répandant par toute l'Europe.*

*Nicolas Jenson se trouva probablement parmi ceux qui, remontant le Rhin, se rendirent en Italie, trouvèrent afile, vers 1464, au monastère de Subiaco, dans la campagne de Rome, & montèrent la première imprimerie en Italie.*

*Jenson vient ensuite à Venise, centre déjà important du commerce de livres imprimés, & après avoir travaillé dans* l'atelier de Vindelin, de Spire, qui avait introduit l'imprimerie dans la cité des doges, il s'établit définitivement maître imprimeur en cette ville.

Cette date de 1470 coïncide avec celle de l'arrivée des premiers imprimeurs à Paris.

Louis XI, abſorbé par les détails de la politique, n'avait pu trouver le temps de songer à l'imprimerie, qu'il protégea plus tard, lorſqu'il en reconnut les avantages.

## TROISIÈME PARTIE

ÉTABLISSEMENT DE L'IMPRIMERIE EN FRANCE

DE LA PIERRE ET FICHET

ARMI *les maîtres faisant partie de la Sorbonne, deux profeßeurs, Jean de La Pierre & Guillaume Fichet, de leur initiative privée & dans l'intention de mettre à la portée du plus grand nombre & des moins favorisés de la fortune les moyens de s'inſtruire, firent venir des bords du Rhin trois compagnons pour imprimer des livres à l'usage des étudiants; c'étaient : Michel Friburger, de Colmar; Ulrich Gering, de Conſtance, & Martin Crantz, de Stein.*

*L'atelier fut établi au sein de la vieille Sorbonne, dans*

*l'appartement même de Jean de La Pierre, qui venait d'être nommé prieur de la maison.*

*L'outillage des premiers imprimeurs n'était pas encombrant & se bornait à peu de chose : une preße en bois, comme on en voit d'expoßées dans la section rétroßpective de la claße XI, & une seule sorte de caractères suffißaient.*

*La preße mécanique à large surface n'a été inventée que plus de trois siècles après; on n'avait alors aucune idée de ces immenßes preßes rotatives, véritables maßlodontes de fer & d'acier, que l'on voit fonctionner dans les galeries de l'Expoßition univerßelle de 1900. On n'éprouvait pas le beßoin d'avoir par devers soi cette multitude de caractères de toutes grandeurs & encore moins d'employer ces nombreux types de fantaißie qui compoßent le matériel indißpenßable à une imprimerie moderne bien montée. Il suffißait de poßéder un caractère aßez gros pour pouvoir être lu facilement.*

*Chaque imprimeur gravait lui-même ses caractères, en leur donnant une forme d'écriture en usage; il les fondait à sa guise & selon ses beßoins.*

*Comme dans les manuscrits, les premiers livres imprimés commençaient au haut de la page. On ne faisait pas encore de titres sur un feuillet d'en-tête isolé.*

Au commencement & en tête des chapitres était ménagé un petit carré vide pour tracer, soit à la plume, soit en couleur au pinceau, les initiales de début.

La première page était, la plupart du temps, décorée d'une bordure délicatement peinte en miniature, afin de compléter l'illusion d'un livre manuscrit pour la fabrication duquel l'imprimeur se substituait au copiste. C'est ce que l'on dénommait alors « le nouvel art d'écrire en lettres de métal», & c'est de là qu'est venue l'étymologie du nom de typographe, de deux mots grecs : τύπος « type, empreinte » & γράφειν « écrire ».

Le premier livre imprimé à Paris a été fait dans ces conditions

Accueillis avec empressement par les Parisiens, toujours avides de progrès & hospitaliers par excellence, les imprimeurs étrangers témoignèrent leur reconnaissance en dédiant le premier produit de leur industrie naissante à la Ville de Paris, qu'ils appellent la Ville-Lumière, surnom qui lui est resté depuis :

« De même, disent-ils, que le Soleil répand partout la lumière, ainsi toi, Ville de Paris, capitale du royaume, nourricière des Muses, tu verses la science sur le monde.

« *Reçois donc en récompenſe cet art d'écrire, preſque divin, qu'inventa l'Allemagne.*

« *Voici les premiers livres produits par cette induſtrie sur la terre de France & dans tes propres édifices.*

« *Les maîtres Michel, Ulrich & Martin les ont imprimés & ils t'en feront encore d'autres.* »

*Cette promeße fut tenue. De 1470 à 1473, les imprimeurs étrangers ne produiſirent pas moins de vingt-trois volumes, tous compoſés de textes latins.*

*De grands perſonnages, des princes, des officiers de la couronne s'intéreßaient aux imprimeurs de la Sorbonne. Le prévôt de Paris, Robert d'Eſtouteville, chambellan de Louis XI, les honorait de sa protection. Pendant un séjour qu'il fit à Paris en 1472, Jean, duc de Bourbon & d'Auvergne, pair & connétable de France, viſita leur modeſte atelier, leur adreßa des encouragements & ne les quitta pas sans leur laißer des marques de sa munificence.*

*Le 22 avril 1472, Martin Crantz, Ulrich Gering & Michel Friburger préſentent collectivement au roi Louis XI le* Miroir de la vie humaine, *de Rodriguez, évêque de Zamora, dont ils venaient d'imprimer le texte latin.*

*La lettre accompagnant le volume vient d'être retrouvée*

*au Musée Britannique de Londres, par M. Claudin. C'est
un document de la plus grande importance pour l'histoire de
la typographie française; il prouve, en effet, d'une manière
décisive que Louis XI, loin de prendre ombrage de l'imprimerie, comme on le croyait généralement, l'a au contraire
encouragée & protégée.*

« *Vous avez été si bienveillant pour nous, disent les im-*
« *primeurs, que nous ne pourrons jamais assez faire pour*
« *vous remercier comme il conviendrait.*

« *On nous traite ici à Paris, ville capitale de votre*
« *royaume, non comme des gens du pays, des habitants ou*
« *de simples hôtes de passage, mais en concitoyens jouissant*
« *de toutes leurs libertés. Ce traitement est si doux, que nulle*
« *part nous ne saurions trouver une plus grande liberté que*
« *celle dont nous jouissons à présent, grâce à vous, nous qui,*
« *soutenus uniquement par votre clémence, avons le plus*
« *vif désir de contribuer à l'illustration de votre règne, en*
« *imprimant des livres.*

« *Quoique nous ne soyons pas encore en état de le faire*
« *assez dignement pour vous plaire, nous ferons de notre*
« *mieux, car nous sommes animés de la meilleure volonté.*

« *Que peuvent faire qui puisse être agréable à un prince*

« souverain, des étrangers, d'humbles artisans faisant pro-
«feſſion d'art typographique? Que pouvons-nous offrir à un
« roi si puiſſant, nous qui sommes pauvres?»

Deux ans après, Louis XI récompenſait les imprimeurs
en leur accordant des lettres de naturalisation.

En mai 1473, on les trouve établis à leur compte rue Saint-
Jacques, à l'enſeigne du Soleil d'Or. Là, donnant une
plus grande extenſion à leur induſtrie, ils renouvellent leurs
caraĉtères. Ils avaient déjà formé des élèves.

Un an après, deux ouvriers de leur atelier, César &
Stoll, s'établirent deux maisons plus bas, dans la même rue
Saint-Jacques, à l'enſeigne du Chevalier au Cygne.

Puis ce fut le tour d'ouvriers français, qui ouvrirent un
vaſte atelier plus haut dans la rue Saint-Jacques, à l'enſeigne du Soufflet-Vert, près du couvent des Jacobins.

Un profeſſeur éminent du collège de Navarre, Guillaume
Tardif, à l'exemple des Sorbonniſtes Jean de La Pierre &
Fichet, prenait en main la direĉtion littéraire de l'atelier
& rempliſſait les fonĉtions de correĉteur.

QUATRIÈME PARTIE

LE PREMIER LIVRE FRANÇAIS IMPRIMÉ À PARIS

PASQUIER BONHOMME

OUS *les livres imprimés jusqu'alors à*
*Paris étaient des ouvrages en latin.*
*Ce fut un libraire parisien, du nom*
*de Pasquier Bonhomme, qui, en 1476,*
*imprima dans la caiptale le premier*
*livre en français. Les* Grandes Chroniques de France, *ou* Chroniques de Saint-Denis,
*en trois gros volumes in-folio, furent exécutées dans l'atelier*
*qu'il avait fait monter en son* hoſtel *de l'*Image Saint-
Chriſtophe, *situé rue Neuve-Notre-Dame, au coin du*
*marché Palu.*

*Le caractère qui a servi pour imprimer cet ouvrage est une bâtarde reproduisant exactement l'écriture gothique des manuscrits français de l'époque.*

*Les deux tiers de la première page qui commence le texte ont été laißés en blanc, afin de pouvoir y deſſiner & peindre une miniature ou les armoiries du propriétaire du livre. On ne faisait pas encore usage, à Paris, de la gravure sur bois pour la décoration des volumes, & l'on s'adreßait à l'enlumineur ou au miniaturiste, qui était alors l'auxiliaire obligé de l'imprimeur.*

*L'exemplaire du Musée Condé, à Chantilly, contient un deſſin du temps, à la plume & au lavis, qui repréſente une bataille. Celui de la bibliothèque de l'Arſenal, à Paris, est décoré d'une miniature aux armes de son premier poßeßeur, Jean de Malestroit, seigneur de Derval & de Combourg en Bretagne, marié à Hélène de Laval, de l'illustre maison des Montmorency.*

*L'écu des Malestroit, aux hermines de Bretagne, avec la devise Sans plus, est soutenu, à droite & à gauche, par un homme & une femme sauvages, qui repréſentent le mari & la femme tenant chacun la bannière de leurs armes respectives; il est placé au milieu d'un mamelon verdoyant*

complanté de petits arbres. Dans le fond, sur une hauteur
& en perſpective, on voit un château féodal avec ses tours,
bâti sur un rocher & dominant la vallée.

Cet exemple de peintres & d'artiſtes, complétant ainſi
l'enſemble d'un livre imprimé, en le rehauſſant par le deſſin
& la couleur, n'eſt pas le seul.

On connaît une traduction française de Valère Maxime,
par Simon de Heſdin & Nicolas de Goneſſe, en deux grands
volumes in-folio, dans leſquels on a laiſſé, en tête de chaque
chapitre, la place néceſſaire pour des deſſins ou des peintures
à faire à la main. Preſque tous les exemplaires contiennent
des peintures en or & en couleurs, des deſſins gouachés ou
de petites aquarelles du temps. Ces illuſtrations ne sont pas
copiées les unes sur les autres, d'après un modèle uniforme;
elles sont plus ou moins riches selon les exemplaires & préſentent toutes des compoſitions différentes.

L'exemplaire qui a appartenu à Nicolas Moreau, seigneur d'Auteuil, & qui eſt conſervé aujourd'hui à la Bibliothèque Sainte-Geneviève, eſt agrémenté, dans les marges, de
bluets, de coquelicots & de fraises dans le ſtyle des enlumineurs pariſiens. Les miniatures dont il eſt orné sont toutes
de la même école.

La Bibliothèque nationale poſſède deux exemplaires de cet ouvrage, illuſtrés par des artiſtes différents : l'un eſt enrichi, au commencement, de fines miniatures qui forment comme autant de petits tableaux; l'autre contient des deſſins à la plume rehauſſés de fines aquarelles aux couleurs savamment fondues. Ce ſont de véritables œuvres d'art, comme on en voit dans les beaux manuscrits de l'époque.

C'eſt là ce que nous appellerons les livres mixtes, illuſtrés à la main avant l'application de la gravure sur bois & qui marquent une période de tranſition.

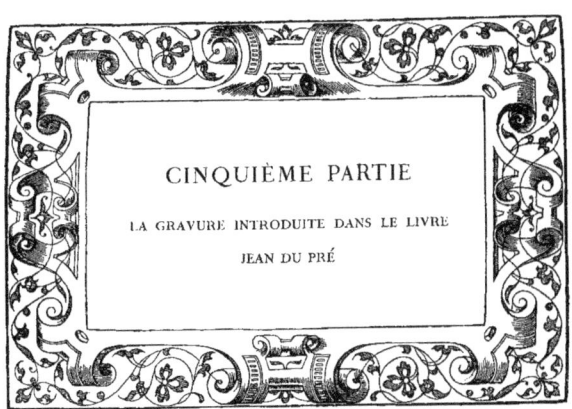

CINQUIÈME PARTIE

LA GRAVURE INTRODUITE DANS LE LIVRE

JEAN DU PRÉ

VEC *l'imprimeur Jean Du Pré com-
mence une nouvelle ère pour la typo-
graphie française. Jean Du Pré est le
premier typographe parisien qui ait introduit la gravure dans les livres. Le
22 septembre 1481, il publie un Missel*
de l'Église de Paris, dans lequel on remarque deux grandes
gravures sur bois : le Père éternel & le Christ en croix,
placées au Canon de la Messe. Le 28 novembre suivant, il ter-
mine un Missel de Verdun, qui contient des gravures sur bois
& sur métal, en relief, imitant les ornements des manuscrits.

A la fin du Mißel de Limoges, imprimé en 1483, Jean
Du Pré nous apprend qu'il avait avec lui d'habiles ouvriers
vénitiens, connaißant à fond tous les secrets de l'art typographique. Ce sont ces ouvriers d'élite qui ont dû, sous sa
direction, travailler à la fonte des caractères ainſi qu'à la
gravure, faite d'après les deſſins de maîtres français, des
planches d'illuſtrations des premiers livres de Du Pré. Il eſt
même fort poſſible que ce dernier ait appris son art en Italie,
où l'on imprimait déjà des livres avec gravures, & il peut
avoir été l'élève de Nicolas Jenſon, qui a illuſtré le nom
français à Venise & a formé d'excellents typographes, entre
autres les Le Rouge, de Chablis.

Jean Bonhomme venait de succéder à son père, en 1484;
il comprit bien vite l'avantage qu'il y aurait à introduire la
gravure dans les livres au lieu de les faire illuſtrer à la main,
comme l'avait fait son père pour les Grandes Chroniques
de France.

Le 12 mai 1484, il publie l'Hiſtoire de la deſtruction de Troye la Grant, myſtère dramatique à perſonnages, illuſtré d'un grand nombre de figures sur bois, pleines
de vie & de mouvement, deſſinées par un véritable artiſte.

L'enluminure diſparaît graduellement du livre. On trouve

*encore quelques coloris isolés & partiels, destinés à mettre
en relief certains effets de lumière de la gravure sur bois,
comme on en voit à la première page du seul exemplaire
connu de la* Destruction de Troye, *qui est conservé à la
Bibliothèque royale de Dresde.*

*Les livres latins destinés aux étudiants ou aux gens let-
trés n'avaient nul besoin de l'attrait nouveau des gravures,
auquel d'ailleurs ne se prêtait guère le texte; mais pour les
livres destinés à être mis dans les mains du plus grand
nombre, il était nécessaire de parler aux yeux par l'image.*

*Jean Bonhomme ne s'en tint pas à un premier essai. Le
15 octobre 1486, il faisait paraître* Le Livre des profits
champêtres & ruraux, *à l'usage des propriétaires des
biens de campagne & des paysans, ouvrage traduit de
Pierre de Crescens & illustré de plusieurs gravures intéres-
santes, représentant les occupations des champs, les soins à
donner à un domaine rural, les plaisirs de la chasse.*

*Un prêtre qui s'était établi imprimeur à Paris, Guy
Marchant, commença par imprimer, en 1483, au Champ-
Gaillard, derrière le collège de Navarre, de petits traités sur
la manière de bien vivre & de bien mourir.*

Deux ans après, il développait cette idée morale en publiant les illuſtrations de La Danſe macabre, d'après les peintures du cimetière des Innocents, dans leſquelles étaient repréſentées d'une façon réaliſte les diverſes claſſes de l'échelle sociale. Cette eſpèce de miroir, qui reflétait, sous toutes ses faces, l'égalité des conditions, eut un succès énorme dans les maſſes. Guy Marchant en fit pluſieurs éditions qui, à chaque tirage, étaient augmentées de sujets nouveaux.

Les perſonnages que, dans ces images, la Mort appelait brutalement à elle avaient une phyſionomie individuelle bien déterminée, formellement exprimée. Celui qui inventa ces figures était, à n'en pas douter, un peintre de mérite.

La Danſe macabre se compoſait primitivement de celle des hommes; on y ajouta celle des femmes, qui eſt d'un autre artiſte.

Guy Marchant imprima enſuite Le Calendrier des Bergers, eſpèce d'encyclopédie de connaiſſances météorologiques, agricoles, hygiéniques & morales, non seulement pour les bergers, mais encore pour les gens de tous états. Il en fit auſſi pluſieurs éditions, toutes illuſtrées plus ou moins abondamment.

Le Calendrier des Bergers fut suivi du Calendrier

des Bergères, *autre livre illustré qui ne le cède en rien au précédent & dont il formait en quelque sorte le complément.*

*Toutes ces illustrations sont empreintes d'un grand sentiment de vérité & caractérisent bien l'esprit français.*

*Un ancien calligraphe & miniaturiste, Pierre Le Rouge, qui était allé apprendre l'art typographique à Venise, après avoir débuté modestement dans son pays natal, à Chablis, en 1478, vint s'établir à Paris vers 1485. A peine arrivé dans la capitale, il fait ses preuves & est nommé imprimeur du Roi.*

*En juillet 1488, il publia le premier volume de* La Mer des Histoires, *livre illustré, d'allure majestueuse, rempli de grandes & de petites figures sur bois, avec des bordures artistement dessinées, des ornements d'une conception vraiment originale, des initiales rappelant les caprices de la plume des calligraphes & du pinceau des enlumineurs.*

*Sept mois après paraissait le second volume tout étincelant d'art français.*

*On y voit une grande lettre* L *d'allure superbe.*

*Une lettre* S, *formée de dragons abouchés, est des plus remarquables.*

*Une autre lettre, l'initiale* P, *repréſente l'auteur écrivant son livre.*

*La grande planche en deux compartiments qui repréſente le* Baptême de Clovis *&* la Bataille de Tolbiac *eſt conſidérée par un écrivain d'art, M. Georges Dupleſſis, comme une des plus précieuses productions de la gravure sur bois en France au* XV<sup>e</sup> *siècle.*

*De petites gravures qui repréſentent un profeſſeur faisant un cours aux étudiants de l'Univerſité & un prédicateur en chaire sont curieuses à obſerver comme scènes de mœurs de l'époque.*

*D'autres illuſtrations nous montrent des détails de bâ-tiſſe. Ces planches sont intéreſſantes pour l'hiſtoire des métiers, car elles nous donnent la repréſentation fidèle d'un chantier de conſtruction au* XV<sup>e</sup> *siècle. On voit à l'œuvre le terraſſier, le tailleur de pierres & le maçon, avec leurs outils au mi-lieu deſquels figure la brouette, dont on attribue généralement l'invention à Pascal & qui était en usage deux siècles au-paravant, comme on en a ici la preuve graphique.*

*Dans la série des petites planches, celles qui ont trait à la vie du Chriſt & de la Vierge sont entourées de bordures de fleurs, d'oiseaux & de groteſques, gravées sur cuivre en relief. Les planches elles-mêmes sont tellement fines, qu'il est douteux qu'elles aient été gravées sur bois : elles paraißent avoir été gravées plutôt sur métal d'après le même procédé.*

*Deux pages placées en face l'une de l'autre, en tête des-quelles on voit, d'un côté,* Pharaon englouti avec son armée dans la mer Rouge, *& de l'autre, la* Consécra-tion d'Aaron, *donnent, avec leurs bordures fantastiques, une idée du goût & du style qui ont présidé à l'exécution typographique de l'ouvrage.*

*Tout le monde est d'accord sur le mérite artistique de* La Mer des Histoires, *que l'on considère comme le plus beau livre français illustré du* XV<sup>e</sup> *siècle. Bien que certaines gravures figurent plusieurs fois dans le corps de ces deux volumes, ce n'en est pas moins un véritable chef-d'œuvre, si l'on se reporte à l'époque où il a paru. L'art du miniaturiste a paßé ainsi d'un seul coup dans le domaine du livre imprimé.*

*Un exemplaire de choix de* La Mer des Histoires, *im-primé sur vélin & rehaußé de légères enluminures faisant reßortir les tailles de la gravure, fut préparé par l'imprimeur lui-même & présenté au roi Charles* VIII. *L'exemplaire royal existe encore; on peut l'admirer dans les vitrines de la galerie Mazarine, à la Bibliothèque nationale.*

6

Jean Du Pré, qui avait été l'initiateur de ce mouvement artistique, n'était pas resté inactif pendant ce temps-là. Sa réputation d'habile typographe grandissait & s'était étendue au dehors. En 1482, Pierre Plumé, chanoine de Chartres, désirant faire imprimer la liturgie de son église, n'hésite pas à le faire venir à Chartres & l'installe dans sa propre maison du cloître de la cathédrale.

En 1486, Jean Du Pré était appelé à Abbeville par un riche & puissant personnage & y imprimait La Cité de Dieu, de saint Augustin, traduite par Raoul de Presles.

Ces deux volumes sont illustrés de gravures sur bois qui rivalisent en beauté avec celles de La Mer des Histoires. On peut les admirer dans les panneaux d'exposition de l'Imprimerie nationale, parmi les matériaux rassemblés pour l'Histoire de l'Imprimerie en France, dont les derniers volumes sont en cours d'exécution.

Les illustrations de La Cité de Dieu avaient été dessinées & gravées à Paris, dans l'atelier de Jean Du Pré, à l'enseigne des Deux Cygnes, près Saint-Séverin.

SIXIÈME PARTIE

LA PREMIÈRE AFFICHE
LE GRAND PARDON DE NOTRE-DAME DE REIMS
JEAN DU PRÉ

NTRE temps, Jean Du Pré avait fait pour le chapitre de Reims le placard du Grand pardon de Notre-Dame. C'est la première affiche qui ait été imprimée en France pour être placardée à la porte d'une église. En tête de cette pièce, on voit une figure de la Vierge assise sur son trône & tenant sur ses genoux l'Enfant Jésus; au milieu, la tiare pontificale avec les clefs de saint Pierre, & à gauche, l'écu royal aux trois fleurs de lis de France. Cette gravure, largement dessinée, n'est pas sans mérite.

6.

*En 1483, Jean Du Pré faisait paraître le Missel de Limoges, dont l'évêque Jean Barton de Montbas lui avait fait la commande. C'est dans ce livre que l'éminent imprimeur nous apprend qu'il avait pour collaborateurs des ouvriers typographes vénitiens, habiles entre tous.*

*En février 1484, Jean Du Pré achevait à Paris l'impression de la traduction par Laurent de Premierfait du livre de Boccace intitulé :* Les Nobles malheureux, *& illustré de figures sur bois, parmi lesquelles on remarque celle de la* Roue de la Fortune.

*En juin 1486, paraissaient* Les Vies des Pères, *de saint Jérôme, avec des figures d'une exécution très remarquable. La gravure sur bois dans les livres avait déjà fait de grands progrès à Paris & n'était pas loin d'atteindre à la perfection.*

*Dans cet ouvrage parurent les premières lettres ornées, faites à Paris pour être tirées avec le texte & qui furent gravées en vue de remplacer celles que traçaient à la plume ou au pinceau les calligraphes & les enlumineurs.*

*En mai 1488, Jean Du Pré commença à produire des livres d'Heures illustrés d'une façon artistique, destinés à remplacer les Heures manuscrites.*

La lutte entre les miniaturiſtes & les imprimeurs s'ac-
centuait chaque jour davantage. Jadis seuls maîtres du ter-
rain, les premiers voyaient se dreſſer tout à coup devant
eux une concurrence redoutable, née de l'invention de l'imprimerie & des progrès de la preſſe. Entre les nouveaux procédés & l'ancien mode de travail, qui ne mettait en jeu
que la main de l'homme simplement armée de la plume ou
du pinceau, l'iſſue de la lutte ne pouvait être douteuse : les
miniaturiſtes ne devaient pas tarder à succomber.

Les planches des Heures imprimées par Du Pré étaient
gravées sur cuivre, comme il le déclare formellement en tête
de la seconde édition, publiée neuf mois après & à laquelle
il ajoutait de nouvelles illuſtrations.

Du Pré apportait conſtamment d'heureuses innovations
à la décoration de ses Heures. Dans le tome Iᵉʳ de l'Hiſtoire de l'Imprimerie en France, on trouvera des ſpécimens variés de ce genre de livres.

Du Pré a toujours su donner un cachet particulier aux
ouvrages sortis de ses preſſes. A deux ans de diſtance, en
1489 & 1491, il a publié des éditions de La Légende
dorée, toutes deux différentes comme illuſtrations.

Il y a encore d'autres livres dans leſquels Jean Du Pré

a montré sa supériorité comme artiste & comme typographe. Nous n'avons appelé l'attention que sur une partie de son œuvre. Jean Du Pré, qui a travaillé de son métier à Paris pendant une vingtaine d'années, mérite la place d'honneur dans le Livre d'or de la typographie française. C'est une des gloires méconnues de la France artistique.

SEPTIÈME PARTIE

LES PREMIÈRES MARQUES D'IMPRIMEURS (1485)

LES LIVRES D'HEURES ILLUSTRÉS FRANÇAIS

*AILLAUT fut aſſocié d'abord avec Louis Martineau, de Tours; il imprima un grand nombre de livres dont quelques-uns sont ornés de figures, entre autres* Le Livre des Bonnes mœurs, *daté de 1487, un Pſautier latin de 1488, un Manuel des Confeſſeurs, en latin, dans lequel les sept péchés capitaux sont figurés d'une manière originale, & un petit livre d'Heures, avec des illuſtrations très remarquables & des bordures sur cuivre tirées avec le texte, exactement comme chez Du Pré.*

*Martineau, aßocié d'Antoine Caillaut, eſt le premier imprimeur qui ait fait usage à Paris d'une marque typographique. En 1485, il prend pour marque les armes de la ville de Paris, qui lui avait donné l'hoſpitalité, à lui provincial. Caillaut prit de son côté l'image de son patron saint Antoine.*

*Pierre Levet, imprimeur français, ouvrit en 1485 un atelier rue Saint-Jacques, près le Petit-Pont, en ſociété avec Jean Alißot. Leur premier livre contient déjà deux figures dans le ſtyle français.*

*Le même imprimeur publie enſuite la traduction des* Commentaires de Céſar, *par Robert Gaguin. Au commencement de l'ouvrage se trouve une planche qui repréſente l'auteur offrant son livre au roi de France.*

*Cette publication contient auſſi des planches de sièges & de batailles qui avaient déjà servi dans l'*Hiſtoire de la deſtruction de Troye, *& que Pierre Levet avait empruntées à son confrère Jean Bonhomme. A cette époque, en effet, régnait déjà une grande confraternité entre les imprimeurs français, qui se prêtaient ou se louaient leur matériel d'illuſtration.*

*Le 10 juillet 1486, Pierre Levet terminait l'impreſſion de l'ouvrage de Pierre de Crefcens sur* Les Profits champêtres & ruraux, *que Jean Bonhomme devait publier trois mois plus tard, & l'illuftrait, en tête de chaque chapitre, de petites figures naïves, sur bois, repréfentant les différents travaux de la campagne.*

*C'eft encore à Pierre Levet que l'on doit la première édition des* Cent Nouvelles nouvelles, *recueil de contes gaulois attribué au roi Louis XI. Ce livre, également illuftré, fut imprimé en 1486, de même que l'ouvrage cité plus haut de Pierre de Crefcens, pour le compte d'Antoine Vérard, marchand libraire.*

*Le même imprimeur a publié auffi, en 1488, un Pfautier illuftré, en concurrence avec celui de Caillaut.*

*Pierre Levet eft le premier qui ait imprimé les poéfies de Villon, ce bohême de lettres du* xvᵉ *siècle. Une édition de* La Farce de Pathelin *eft également sortie de ses preffes.*

*Ces deux livres sont ornés de figures sur bois. Dans le premier, on voit le portrait en pied de Villon, repréfenté la dague au côté, avec son gefte gouailleur d'enfant perdu de Paris.*

*On y trouve auffi celui de l'évêque Thibaut, qui avait fait emprisonner le poète.*

Les imprimeurs étrangers venus à Paris n'avaient imprimé que des livres latins dépourvus d'illustrations. L'élément français dominait; avec lui le sentiment artistique se faisait jour & se manifestait sous toutes les formes dans la production du livre.

L'imprimerie avait fait une révolution économique. Il n'y avait guère que les princes & quelques riches seigneurs qui fissent encore exécuter, par d'habiles calligraphes & des artistes en renom, des manuscrits décorés de fines miniatures; mais c'était l'exception. Le plus grand nombre s'en tenait au livre imprimé, car il était interdit à la miniature, travail où la lenteur accompagne toujours la perfection, de suffire à l'instruction par l'image.

Si les riches & les privilégiés désiraient à bref délai un exemplaire de luxe, on trouvait moyen de les satisfaire en tirant des exemplaires sur vélin que l'on décorait de bordures peintes à la main & dont on enluminait les gravures; cela remplaçait le dessin du fond & servait de canevas à l'artiste. Le texte imprimé tenait lieu de celui du copiste, on gagnait du temps & l'on avait un livre aussi beau que le manuscrit & à un prix bien inférieur.

C'est ainsi que plusieurs exemplaires du Calendrier des

Bergers & d'autres livres ont été faits pour la bibliothèque du roi de France, Charles VIII.

C'est surtout dans les livres d'Heures que ce mode de décoration a été adopté. On avait ainsi l'illusion d'un manuscrit à riches peintures qui coûtait encore de grosses sommes, & les bons bourgeois & bourgeoises de Paris allant à la messe pouvaient se donner, dans de bonnes conditions, le luxe d'un livre de ce genre, enluminé plus ou moins richement suivant leur état de fortune.

Le plus grand nombre se contentait d'exemplaires avec les illustrations tirées en noir. Ces derniers livres sont devenus excessivement rares; les véritables connaisseurs les préfèrent de beaucoup aux autres, parce qu'il leur est possible de mieux apprécier, dans tous ses détails, le travail combiné du dessinateur & du graveur, travail que l'enlumineur couvrait dans les autres d'un badigeon plus ou moins épais.

L'image gravée tenait lieu de l'image peinte; c'était l'art populaire, propice à la plus grande propagation des figures par son alliance avec l'imprimerie & par son usage du papier, qui a créé à cette époque, pour la France, une distinction qu'aucun pays ne peut lui disputer.

Les livres d'Heures gothiques, imprimés à Paris par le

7.

*libraire Simon Voſtre, sont des merveilles d'art qui n'ont
pas encore été dépaſſées & qu'on a cherché à faire revivre
de nos jours*[1]*.*

*Les pays étrangers ont été tributaires de la France pour
ce genre d'induſtrie. L'Angleterre, les Flandres, la Suiße,
l'Eſpagne & le Portugal ont fait imprimer à Paris des
livres d'Heures à l'usage de leurs diocèſes reſpeĉlifs, avec les
illuſtrations de Simon Voſtre, qui paſſaient alternativement
d'un livre à l'autre.*

*Dans toutes les éditions de ces Heures, on voit comme
première planche après l'almanach le* Martyre de saint
Jean Porte Latine.

*Saint Jean était, en France, le patron des libraires et des
imprimeurs parce que, selon la tradition, il aurait subi le*

---

[1] M. C. Gauthier, libraire éditeur, succeſſeur de M. Curmer, vient de publier
un livre vraiment remarquable. Il reproduit les *Heures à l'uſage de Rome*, de
Simon Voſtre, imprimées en 1498, par Philippe Pigouchet. — Les gravures
& les çadres, taillés sur cuivre par M. Mouchon, sont d'une fidélité qui peut
souffrir la comparaiſon avec la photographie. L'Adoration des Mages & la
Parabole du Mauvais riche sont de véritables chefs-d'œuvre. — Les caraĉtères
gothiques, gravés & fondus par la maiſon Tuleu, sont irréprochables & l'œil le
mieux exercé confond facilement la fonte moderne avec la fonte primitive. Les
*Heures à l'uſage de Rome* marquent une réelle étape dans cette partie de l'art
typographique qui s'attache particulièrement à reproduire les livres des premiers imprimeurs français.

martyre à la Porte Latine, dans une chaudière d'huile, in-
grédient de l'encre d'imprimerie.

L'art de l'illuſtration dans le livre était arrivé à son
apogée à la fin du XVᵉ siècle.

Nous n'en finirions pas s'il nous fallait faire la nomenclature de tous les livres ornés de gravures qui ont paru en
France à cette époque. Nous avons dû nous borner à indiquer quelques-uns des principaux.

Des ateliers typographiques s'ouvraient de tous côtés à
Paris. Le mouvement avait gagné la province. Des preſſes
étaient établies dans plus de quarante villes de France.

Lyon, qui n'avait eu l'imprimerie que trois ans après
Paris, était son émule dans la publication des livres illuſtrés.
Là, les livres français jouiſſaient d'une préférence marquée.
On y imprimait, en pleine liberté, loin de la férule de l'Univerſité & de la cenſure de la Sorbonne, toute notre littérature populaire, des hiſtoires de chevalerie, des pièces de poéſie,
des facéties, des gauloiseries & des joyeuſetés que l'on débi-
tait aux populations environnantes ainſi qu'aux étrangers
fréquentant les foires de Lyon & de Beaucaire.

A Rouen, on imprimait des livres de liturgie pour l'Angleterre & les pays du Nord, & auſſi pour les diocèſes des

Flandres, de la Bretagne & d'une partie des provinces du
centre de la France.

A Toulouse, on imprimait principalement des livres de
droit civil & canon à l'usage des étudiants & des praticiens,
des livres de théologie & quelques ouvrages en espagnol.

A Troyes, on faisait des livres illustrés qui ne le cédaient
en rien à ceux de la capitale.

De 1470, date de l'introduction de l'art de Gutenberg à
Paris, jusqu'en 1500, près de soixante imprimeurs se suc-
cédèrent, &, à la fin du xvᵉ siècle, plus de trente ateliers,
grands ou petits, fonctionnaient concurremment. Une vingtaine d'éditeurs leur fournißaient du travail & alimentaient
leurs preßes, quand ils n'imprimaient pas de livres pour leur
propre compte.

Les imprimeurs français formaient la majorité de ce corps
de métier. C'est à peine si dans le nombre se trouvaient encore
six ou sept étrangers. Quelques-uns, anciens étudiants de la
nation germanique à l'Université de Paris, avaient préféré
s'établir dans cette bonne ville plutôt que de retourner dans
leur pays.

La plupart, à l'exemple des trois premiers compagnons
typographes qui étaient venus initier les Parisiens au nouvel

*art, dans lequel ils avaient été bien vite dépaßés, se firent naturaliser ou s'allièrent à des familles françaises, faisant ainsi souche de typographes.*

*Cette évolution eſt toute à notre honneur, &, comme l'a fort bien dit, il y a plus de deux siècles, Chevillier, bibliothécaire de la Sorbonne, le plus ancien hiſtorien de l'imprimerie parisienne : « Si les Français n'ont pas eu la gloire d'avoir inventé l'imprimerie & de l'avoir pratiquée les premiers, ils ont eu celle de s'être diſtingués les premiers dans cet art & de l'avoir porté jusqu'au point de sa dernière perfeɛtion. »*

*Nous avons eu la curiosité de dreßer la ſtatiſtique des ateliers typographiques qui ont été établis dans les autres grandes villes d'Europe au XVᵉ siècle; le réſultat de cette comparaison numérique a été tout à l'avantage de Paris.*

*Le nombre des imprimeurs se décompoſe ainſi pour les principales villes de l'Allemagne & de l'Italie :*

| | | | | |
|---|---|---|---|---|
| Mayence | 11 | | Rome | 38 |
| Straſbourg | 27 | | Milan | 31 |
| Augſbourg | 23 | | Florence | 22 |
| Nuremberg | 19 | | Naples | 20 |
| Cologne | 33 | | Padoue | 13 |
| Leipzig | 11 | | Vicence | 12 |
| Bâle | 14 | | Bologne | 46 |

Nous ne faisons pas état des autres pays, tels que l'Eſpagne, par exemple, qui ne comptait pas plus de 10 imprimeurs pour les centres typographiques les plus importants de
Barcelone & de Valence. Nous ne mentionnons pas non plus
l'Angleterre, qui, pour Londres & Weſtminſter réunis, ne
poſſédait juſte que 10 imprimeries, dont deux au moins
étaient dirigées par des Français, Richard Pynſon, Julien
Le Notaire & Jean Barbier. Les chiffres les plus élevés pour
les Pays-Bas sont de 11 imprimeurs pour Louvain, ville
univerſitaire, & de 10 pour Anvers.

Cette activité de la preſſe pariſienne n'a été dépaſſée que
par une seule ville, Venise, qui avait fait du livre imprimé
un article de commerce & que ses vaiſſeaux tranſportaient
partout, en Europe comme en Orient.

Nous n'avons retracé ici que l'hiſtoire sommaire de la
preſſe pariſienne il y a quatre cents ans, au XVᵉ siècle. Dans
une seconde conférence, nous aborderons l'hiſtoire des imprimeurs au XVIᵉ siècle.

# CONFÉRENCE

FAITE AU PETIT PALAIS DES CHAMPS-ÉLYSÉES

LE 17 AOÛT 1900

8

HUITIÈME PARTIE

LES NOUVELLES DU JOUR

LE CARON ET LE NOIR, PRÉCURSEURS DU JOURNAL

*UAND nous avons fait notre première Conférence sur l'Histoire de l'Imprimerie en France, nous nous sommes arrêté aux livres d'Heures illustrés, publiés par Simon Vostre & d'autres grands éditeurs parisiens. Nous avons à nous occuper maintenant de la publicité donnée aux nouvelles du jour par la voie de la presse. On ne connaissait pas encore les journaux, qui ne parurent pour la première fois en France que cent cinquante ans plus tard; mais le public était tenu au courant des fêtes populaires & des grands*

8.

événements par des feuilles volantes qui se vendaient dans les rues & aux échoppes des libraires.

C'est ainsi qu'un imprimeur du nom de Pierre Le Caron, établi dans l'île de la Cité, entre le pont Notre-Dame & le Petit-Pont, mit en vente coup sur coup trois éditions de la Relation de l'entrée du roi Louis XII dans sa bonne ville capitale de Paris, avec la réception faite à l'Université, & le détail du souper officiel qui eut lieu au Palais, le lundi 2 juillet 1498.

Sur le titre de cette pièce, une gravure sur bois, dans le genre des images populaires d'Épinal, représente le cortège. Le roi, sur un cheval somptueusement caparaçonné, figure au premier rang, précédé des hérauts d'armes.

Vient ensuite le Programme du tournoi ou des joutes qui eurent lieu huit jours après dans la rue Saint-Antoine, près de l'hôtel des Tournelles; il y eut au moins deux éditions différentes de cette pièce. Une petite image, grossoyée à la hâte, se trouve sur le titre de la seconde édition. Le roi assiste dans une tribune à la lutte, & le seigneur de Rochepot est proclamé vainqueur.

Le Caron vendait en même temps le Récit de la cérémonie du Sacre, qui avait eu lieu à Reims un mois auparavant.

*Il n'y avait pas alors de reporters de journaux comme on en voit aujourd'hui, pour donner les détails circonstanciés d'une fête ou d'une cérémonie publique. La transmission des nouvelles se faisait lentement, par des correspondances d'amis ou par des courriers voyageant à cheval & à petites journées. Une nouvelle qui paraissait imprimée un mois après était, par conséquent, encore toute fraîche. Les chemins de fer & le télégraphe ont changé tout cela.*

*Un autre imprimeur, Michel Le Noir, qui tenait boutique sur le pont Saint-Michel, alors bordé de maisons, s'était procuré aussi la relation du Sacre. Il en fit une édition concurrente. La date donnée pour le jour de la cérémonie n'est pas la même : Le Caron dit qu'elle eut lieu le 27 mai, & le correspondant de Le Noir l'inscrit au 18; on n'y regardait pas de si près pour l'exactitude des renseignements.*

*Ces feuilles de la rue, ces* canards [1] *comme on est convenu*

---

[1] On n'est pas bien d'accord sur l'origine du mot *canard* donné à ces sortes de publications populaires. On racontait autrefois des histoires extraordinaires sur la voracité de ces volatiles qui, dans leur gloutonnerie, étaient arrivés, dit-on, à se dévorer entre eux jusqu'au dernier, qui avait englouti dans son estomac tous ses congénères, comme on pourra en juger d'après le titre de ce pamphlet paru sous la Révolution : *Le Canard qui mange cinq de ses frères & est mangé à son tour par un colonel.* Le nom de *canard* a été donné depuis à toutes les histoires invraisemblables.

*de les appeler de nos jours, avaient été précédées de diffé-*
*rentes pièces, telles que : le Programme de l'enterrement de*
*Charles VIII, les Complaintes sur la mort du roi et les*
*Épitaphes en son honneur.*

*L'Ordre & la marche des obsèques conduites par Pierre*
*d'Urfé, grand écuyer, & le seigneur de La Trémoille, pre-*
*mier chambellan, ont été également suivis d'Épitaphes & de*
*Complaintes.*

# NEUVIÈME PARTIE

LES PREMIERS INDICATEURS DES RUES DE PARIS

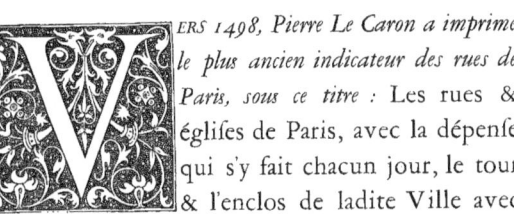ERS *1498, Pierre Le Caron a imprimé le plus ancien indicateur des rues de Paris, sous ce titre :* Les rues & églifes de Paris, avec la dépenfe qui s'y fait chacun jour, le tour & l'enclos de ladite Ville avec l'enclos du bois de Vincennes, les épitaphes de la groffe Tour, la hauteur de la grande églife de Paris avec le blafon de ladite Ville & aucuns des cris qu'on crie par la Ville.

*Tréperel, imprimeur-libraire sur le pont Notre-Dame, à*

l'enseigne de l'Image Saint-Laurent, *faisait concurrence pour les livres populaires. Il a imprimé aussi une édition des* Rues & Églises de Paris. *Au commencement de ce livret, on lit une nomenclature des vieilles rues du quartier des Halles, dont quelques-unes subsistent encore aujourd'hui, telles que la rue Saint-Denis, la rue Beaurepaire, la rue* Tiquetonne (*appelée* rue de Quicquetonne), *la rue Mauconseil* (Malconseil), *la rue de la Coßonnerie, la rue* Jean-Lantier (*nommée* la rue de Jean-Loingtier), *etc.*

Tréperel *a publié une édition des* Quinze Joyes du Mariage, *à la fin de laquelle on remarque une figure sur bois, naïve peinture de mœurs, nous donnant l'idée d'un ménage de prolétaires à la fin du* XV^e *siècle. On y voit le mari chargé de différents objets de ménage, harcelé par sa femme & ses enfants, avec les animaux domestiques, le cheval, le chien & le chat autour de lui.*

*Nous ne ferons pas ici l'énumération de tous les maîtres imprimeurs, grands & petits, qui ont exercé à Paris au* XV^e *siècle; nous en avons dressé ailleurs la statistique. Qu'il nous suffise de rappeler que leur nombre s'élevait à 59 & que Paris tenait le second rang parmi les villes du vieux monde qui avaient accueilli l'art de Gutenberg.*

Parlons maintenant d'un marchand libraire, bourgeois de Paris, comme il s'intitule fièrement, qui a paßé longtemps pour être imprimeur, mais qui, en réalité, n'a été qu'un éditeur. A lui seul, Antoine Vérard a alimenté les preßes de plußeurs typographes. Non seulement il fournißait du travail aux imprimeurs, mais il les commanditait au beßoin. A ce titre, il mérite une place d'honneur parmi eux. C'eſt à lui que l'on doit le plus grand développement de l'art français du livre illuſtré.

Antoine Vérard, qui a débuté en 1485 sur le pont Notre-Dame, avait une succurſale au Palais, tout auprès de la Sainte-Chapelle. Il s'eſt servi tour à tour des preßes de Jean Du Pré, de Pierre Levet, de Guy Marchant, de Jean Morand & de plußeurs autres.

Au lieu de publier des livres latins pour les étudiants & le clergé comme le faisaient ses confrères, il a édité excluſi-vement des livres français. Le premier, avant Simon Voſtre, il eut l'idée de faire des livres d'Heures imprimés, qui sont d'une faĉture & d'un ſtyle tout différents. Le deſſin eſt ferme, bien arrété; les tailles sont nettes; les figures d'hommes & de femmes formant les bordures ont une expreſſion & un caraĉtère de vérité qui ne se rencontrent pas au même

9

degré dans les copies réduites des mêmes sujets. On n'y voit
pas, il est vrai, la richeße de détails & le fini des Heures
de Simon Voſtre, mais on y trouve un air de diſtinction
& de grandeur qui saiſit & charme tout à la fois par
son réalisme.

Deux éditions de ces Heures furent commandées à Vérard par Charles VIII. Le texte en avait été arrangé par
Guillaume Tardif, profeßeur au Collège de Navarre, ancien
correcteur d'imprimerie à l'atelier du Soufflet-Vert en
1479, & devenu dans la suite lecteur du roi[1].

Tardif y avait mêlé quelques poéſies de sa façon, qui
semblent échappées de la plume de Villon.

Charles VIII, roi très dévôt, fit faire par le même un
autre ouvrage intitulé : L'Art de bien mourir. Vérard
l'édita conjointement avec L'Art de bien vivre, & les
deux ouvrages furent illuſtrés par les meilleurs artiſtes du

---

[1] Les correcteurs d'alors ne faifaient pas partie du perfonnel de la maifon
comme de nos jours. C'étaient de graves docteurs, des profeffeurs en renom,
voire même des perfonnages d'un certain rang, qui ne dédaignaient pas de
prêter leur concours à la typographie naiffante & s'y intéreffaient d'une manière
particulière. Tels étaient Jean de La Pierre, recteur de l'Univerfité & prieur de
la Sorbonne; Guillaume Fichet, qui avait été chargé de miffions diplomatiques
par Louis XI; Louis de Rochechouart, évêque de Saintes; Gilles de Delft,
docteur de Sorbonne, & d'autres encore.

temps. Ils forment une sorte de catéchisme ou manuel du chrétien, réfumant en images les idées morales & religieuses qui avaient cours à l'époque.

Les figures qui repréfentent les Sept Sacrements sont d'une faĉture magiﬆrale.

L'artiﬆe a réuﬄi à rendre la réalité des cérémonies, la gravité des geﬆes & des expreﬄions, la richeﬆe & la déco-ration flamboyante. Il suﬄit de voir ces femmes au corfage étroit & en cornette rabattue & ces enfants malingres pour se sentir en plein Paris du moyen âge, dans une des chapelles de Saint-Séverin.

Le Mariage eﬆ à citer, entre autres, pour l'appropriation locale & vraie de la scène.

Dans L'Art de bien mourir, ce ne sont que grimaces & contorfions de diables & de démons. Les Peines de l'Enfer, qui forment la suite de l'ouvrage, nous font voir les supplices des damnés. Dans ces images faites pour épou-vanter les pécheurs les plus endurcis, l'imagination de l'artiﬆe s'eﬆ donné pleine carrière : on y remarque des raﬄnements de cruauté inouïs, dignes des Chinois, paﬆés maîtres dans l'art de torturer.

Comme contre-partie à ces scènes lugubres & à celles de

La Fin du Monde *& du* Jugement dernier, *la planche qui repréſente* Les Joies du Paradis *reſpire le calme & la sérénité. C'eſt l'une des plus belles de l'école française de gravure du* XV*ᵉ siècle.*

L'Art de bien mourir *a été imprimé en 1492 par Pierre Le Rouge, imprimeur du roi; les autres parties de l'ouvrage ſont sorties des preßes de Gillet Couteau & Jean Ménard, imprimeurs aßociés.*

*Dans le même ordre d'idées, Vérard a publié* L'Ordinaire des Chrétiens. *L'exemplaire royal, imprimé sur vélin, eſt décoré d'une superbe miniature dans laquelle on voit Vérard offrant son livre au roi. On a là le portrait authentique de ce grand éditeur artiſte, un genou en terre, les cheveux longs, vêtu d'une longue robe brune à larges manches & garnie de velours noir; il tient à la main le livre relié en velours rouge, dont il fait hommage à Charles VIII, en présence du grand aumônier & de six autres perſonnages de la cour.*

*Antoine Vérard était le fournißeur attitré des princes & des têtes couronnées. Il comptait parmi ses clients le roi d'Angleterre Henri VII. — On conſerve encore au Musée Britannique de Londres les exemplaires des mêmes ouvrages* qu'il préfentait à ce monarque & pour lequel il changeait les dédicaces des ouvrages imprimés d'abord au nom du roi de France.

Vérard n'a pas publié que des livres de dévotion : il a fait aufſi imprimer des ouvrages mondains. Sa première publication, en 1485, eſt la traduction françaiſe, par Laurent de Premierfait, des Cent nouvelles de Boccace, ouvrage sorti des preſſes de Jean Du Pré. On lui doit auſſi la première édition, en 1486, du recueil d'hiſtoires égrillardes qui a servi de cadre aux Contes de La Fontaine & intitulé : Les Cent Nouvelles nouvelles. Cette œuvre de jeuneſſe du roi Louis XI a été exécutée par Pierre Levet, un des imprimeurs à la solde de Vérard, établi rue Saint-Jacques, aux Balances d'argent, près le Petit-Pont. Ce volume, illuſtré de petites figures sur bois, eſt fort prisé des bibliophiles. C'eſt à peine si l'on en connaît trois ou quatre exemplaires, que l'on paye de 8,000 à 10,000 francs quand, par hasard, il en paſſe un sous le feu des enchères.

C'eſt dans cet ouvrage que Vérard inaugura sa marque, l'une des plus jolies parmi celles que les imprimeurs & les libraires de Paris arborèrent dans ce genre d'ornementation, où ils n'eurent pas de rivaux. On y voit l'écu de France tenu par deux anges, & un cœur au chiffre A.V.R. tenu par deux faucons s'élançant l'un sur l'autre au-deßus d'un champ de fleurs.

Vérard a fait imprimer par Jean Morand, établi rue Saint-Victor, Les Grandes chroniques de France. Ces trois volumes in-folio sont illustrés de figures sur bois qui se répètent de temps à autre.

Des planches avec bordures historiées occupent presque toute la page. Au commencement de chaque livre, on voit, entre autres sujets : Un combat en champ clos, le Sacre du roi Philippe à Reims & l'Entrée de Charles VIII à Paris.

Vérard, avant d'être éditeur, était un habile calligraphe & un miniaturiste de profeßion; il avait compris tout le parti que l'on pouvait tirer de la gravure sur bois, qui s'al-liait si merveilleusement à l'art typographique. C'était un moyen nouveau d'inspirer aux maßes le goût de la lecture & de les instruire par l'image.

Artiste déterminé, il deßinait lui-même les titres de ses éditions & les ornait d'initiales fantaisistes avec figures grotesques, afin d'attirer l'œil de prime abord & séduire l'acheteur.

Les chapitres & les divisions principales débutaient par des lettres en traits de plume de forme capricieuse & bizarre, avec visages d'une originalité toute particulière.

Sauf un Missel in-folio & un Rituel de format in-quarto qu'il a fait imprimer en 1496 & 1497 par Jean Morand, on ne connaît pas de livres latins édités par Vérard au XVᵉ siècle.

Les principales publications de Vérard consistent en vieilles chroniques françaises, en histoires de cape & d'épée, en romans de chevalerie, pièces de poésie & autres. Son édition des Comédies de Térence en français mérite l'attention des curieux.

Par un singulier anachronisme, les acteurs du temps des Romains sont représentés dans des costumes dont les types sont pris parmi les passants des rues de Paris à la fin du XVᵉ siècle. On y voit tour à tour des hallebardiers, des sergents, des jardiniers, des marchands, de graves docteurs, des femmes du peuple, des ménagères, des servantes, etc.

Des acteurs & des décors réunis sur une seule page donnent la représentation générale de la pièce avec les principales scènes disposées selon une perspective de convention. Des bandes de figures à coulisses, portant chacune le nom de leur rôle, défilent comme au théâtre, avec les geſtes & la mimique que doivent avoir les aĉteurs devant le public.

Aucun éditeur n'a publié autant de livres illuſtrés que Vérard, aucun n'a vulgarisé davantage notre littérature nationale. Il a contribué à lui seul, pour la plus large part, au mouvement qui s'eſt effeĉtué dans l'imprimerie pariſienne pendant les dix dernières années du XVᵉ siècle.

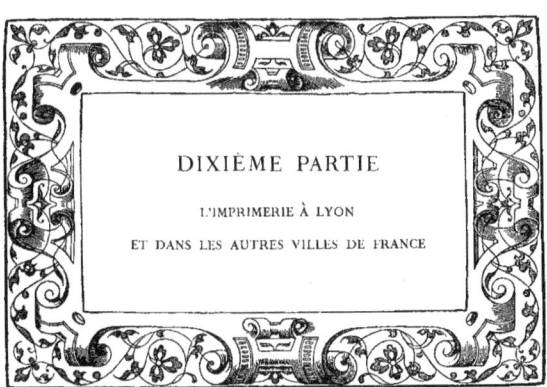

# DIXIÈME PARTIE

### L'IMPRIMERIE À LYON
### ET DANS LES AUTRES VILLES DE FRANCE

I *Paris propageait rapidement l'art de Gutenberg, la province ne restait pas inactive. Un imprimeur allemand, Martin Hufz, qui venait de s'établir à Lyon, publiait, le 27 août 1478, trois ans avant la capitale,* Le Miroir de la Rédemption, *avec 256 figures sur bois. C'est le premier livre illustré qui ait paru en France. Il est vrai de dire que les bois n'avaient été ni dessinés ni taillés par des ouvriers français. Les planches venaient de Bâle & avaient déjà servi pour une édition du même ouvrage en allemand, imprimée*

en 1476, par Bernard Richel. Les figures en sont très expref-
fives dans leur naïveté.

Deux ans après, le 25 août 1480, Nicolas Müller, dit
Philippi, de Benßheim près Darmſtadt, aßocié avec Marc
Reinhart, de Straſbourg, imprimait la traduɛtion des Fables
d'Éfope par Julien Macho, religieux de l'ordre de Saint-
Auguſtin du couvent de Lyon. Des figures sur bois, que
Nicolas Müller tirait de Straſbourg, ornent cet ouvrage. Ces
images ne sont pas sans mérite.

C'eſt à Guillaume Le Roy, Liégeois d'origine, que revient
l'honneur d'avoir introduit la gravure lyonnaise dans les
livres. L'Hiſtoire du Chevalier Oben, livre récemment
découvert au Musée Britannique de Londres & qui a dû
paraître vers 1480, contient une planche gravée sur bois qui
offre un grand intérêt au point de vue des débuts de l'art
provincial. Elle repréſente la Vierge Marie debout & de face,
avec l'Enfant Jéfus dans les bras, ayant derrière eux un
rideau semé de rofes. Deux anges soutiennent une couronne
fleurdelisée & fermée au-deßus de la tête de la Vierge, qui
eſt nimbée & dont la longue chevelure treßée eſt pendante.
Le deſſin, fort simple, élégant & d'une grande diſtinɛtion, eſt
tout au trait; les lignes sont fines & égales. N'oublions pas

que les artiſtes des premiers temps exprimaient par des traits
simples & généraux le caractère principal des sujets, sans
songer à reproduire fidèlement les détails. Quoique le travail
de la gravure soit très sommaire, il eſt à remarquer cependant
que des hachures légères & courtes marquent les ombres des
plis du manteau. M. N. Rondot, homme d'une haute compétence en la matière, exprime ainſi son opinion : «Aucune
«autre pièce lyonnaise de cette époque ne l'égale en beauté &
«n'a autant d'originalité. Elle eſt lyonnaise quant à l'origine
«& peut-être même quant au faire. Elle eſt flamande
«quant au ſtyle. Par les draperies & par quelques détails,
«elle rappelle certaines peintures de l'école de Bruges. La
«Vierge, cette Vierge attriſtée aux grands yeux, a une atti-
«tude pleine de dignité & de charme.»

Deux autres ouvrages, L'Abuſé en Cour, attribué au
roi René, & Le Doctrinal de Cour, de Pierre Michault,
sont illuſtrés de figures preſque au trait; on croirait voir des
eſquiſſes de peintre. Les perſonnages sont bien poſés, leurs
geſtes sont naturels; mais la compoſition pèche contre la perſpective, comme d'ailleurs dans preſque toutes ces images
primitives. En général, le deſſin plaisait d'autant plus aux
maſſes qu'il était plus simple.

10.

*Guillaume Le Roy a publié les premiers romans de chevalerie français. La plupart des gravures qui ornent certains de ces ouvrages sont plus ou moins naïves. Il en eſt cependant, comme par exemple la figure repréſentant Bertrand Du Gueſclin, qui sortent de l'ordinaire. Ce preux chevalier, revêtu de son armure, la plume au vent, une main appuyée sur l'écu qui lui sert de bouclier, eſt bien campé & a une fière allure.*

*Guillaume Le Roy a imprimé* Le Roman de la Roſe, Fier-à-Bras, Méluſine, Pierre de Provence & la belle Maguelonne, *& pluſieurs autres ouvrages que nous n'énumérons pas ici.*

*Guillaume Le Roy avait comme aide un fils ou un neveu du même prénom, qui était peintre.*

*C'eſt à ce dernier que nous croyons pouvoir attribuer la plupart des illuſtrations qu'on voit dans ses livres, ainſi que les lettres ornées, d'une compoſition fort originale, qu'il y inſérait & qui pourraient être encore choiſies de nos jours comme modèles de chiffres brodés.*

*Un autre imprimeur, Mathieu Huſʒ, succeſſeur de Martin Huſʒ, se servait de lettres ornées sur fond noir, formées d'acceſſoires ruſtiques, de branches d'arbres, d'oiseaux;*

*il les a employées notamment en 1491, dans un livre inti-
tulé :* Le Propriétaire des chofes.

*Le même, soit seul, soit avec des aſociés, a imprimé, de
1482 à 1500, un grand nombre de livres avec figures sur
bois d'un mérite souvent original & de manières différentes,
selon le* faire *de ses collaborateurs. C'eſt peut-être l'imprimeur lyonnais qui a le plus produit dans ce genre.*

*Michelet Topié & Jacques Herenberck, deux Allemands
établis à Lyon, sont les premiers qui aient introduit la gravure en taille-douce dans les livres. A Paris, on avait gravé
sur cuivre & en relief les bordures & quelques planches de
livres d'Heures, que l'on tirait avec le texte sur la preſſe
typographique ; mais le procédé de la gravure en creux sur
une planche de cuivre ne devait être pratiqué que plus de
soixante ans après.*

*Dans la relation du* Voyage de Breydenbach à
Jéruſalem, *dont Topié & Herenberck publièrent la première traduction française le 28 novembre 1488, on remarque
de grandes vues de villes des pays parcourus. La vue de
Venise, entre autres, mérite d'être citée.*

*Ces eſtampes, gravées sur cuivre, ont un caractère pri-
mitif un peu étrange & un encrage singulier. Le trait eſt*

net, mais il eſt comme velouté dans les épreuves originales
& a les apparences du trait de crayon comme sur les pierres
lithographiques. Un écrivain d'art, qui fait autorité en matière d'eſtampes, Robert Duménil, a exprimé l'opinion que
le graveur, d'ailleurs inexpérimenté, était un orfèvre français;
l'Italien Zani l'avait auſſi regardé comme français.

Les mêmes typographes ont imprimé en 1490 le Recueil
des Hiſtoires troyennes, compoſé par Raoul Lefèvre,
chapelain du duc de Bourgogne. Cet ouvrage contient une
grande quantité de figures archaïques sur bois, dans le ſtyle
flamand ou bourguignon. Ces planches de batailles à nombreux perſonnages, compoſées avec verve, traitées avec vigueur,
donnent la senſation du mouvement, de la mêlée furieuse &
de la vie.

Par un singulier anachronisme, dont on trouve plus d'un
exemple dans les gravures de cette époque, on voit les Grecs
de l'âge héroïque tirant le canon contre une ville aſſiégée; du
haut des tours, des femmes en cornette du XVᵉ siècle repouſ-
sent les aſſaillants avec des pierres, des flèches & des arque-
buses ou bâtons à feu, comme on appelait alors les fusils
nouvellement inventés.

Sur le titre du livre, on voit une lettre ornée, avec des

*singes gambadant tout autour. L'un de ces singes eſt aſſis*
*& joue de la cornemuse.*

La première page de texte eſt décorée d'une large bordure
sur fond noir, avec une grande lettre hiſtoriée de même ſtyle,
repréſentant un chevalier couvert de son armure, monté sur
son palefroi & brandiſſant son épée.

Jean Du Pré, de Lyon, qu'il ne faut pas confondre avec
Jean Du Pré, de Paris, s'aſſocie d'abord avec Nicolas Müller
dit Philippi, *le second imprimeur de Lyon, & publie avec*
lui, en 1486, Les Vies des Pères *par saint Jérôme, avec*
un grand nombre de figures copiées en partie sur l'édition
pariſienne du même ouvrage, imprimée par son homonyme.
L'une de ces gravures, qui repréſente l'auteur compoſant
son livre au milieu d'évêques, de chefs d'ordres religieux
& de laïques, hommes & femmes, eſt loin d'être dépourvue
de caraĉtère.

Le célèbre typographe lyonnais travailla enſuite seul &
donna, en 1491, une édition remarquable de La Mer des
Hiſtoires, *ouvrage publié deux ans auparavant à Paris,*
par Pierre Le Rouge, imprimeur du roi. Il s'inſpire des illustrations de ce dernier, mais, à vrai dire, il ne les copie pas
servilement. L'artiſte lyonnais, habile & soigneux, les a

*interprétées librement & a donné carrière à son crayon dans les détails, qui sont tout autres.*

*On retrouve en tête la grande lettre initiale L, d'allure si hardie, mais elle est différente de celle de Pierre Le Rouge : au lieu d'un chevalier armé qui attend de pied ferme son adverfaire, c'est un saint Georges qui transperce de sa lance la gueule du dragon.*

*La lettre P du prologue est de dimenfions moins grandes, mais les détails sont plus fouillés ; l'ornementation, formée de charmants rinceaux, est plus abondante.*

*La planche à double scène du Baptême de Clovis & de la Bataille de Tolbiac est auffi repréfentée ; mais si le fond du sujet paraît être le même, la manière en est différente, avec des détails nouveaux.*

*Jean de Vingle, originaire de Picardie, était établi imprimeur à Lyon en 1494. Entre autres livres, il a imprimé une édition illustrée des* Quatre fils Aymon, *roman de chevalerie populaire bien connu. Le titre, difposé en lettres calligraphiques dans le genre de celles d'Antoine Vérard, le grand éditeur parifien, se diftingue par son initiale à visage grotefque & à long bec d'oiseau, qui est d'une belle allure franchement dégagée.*

*Une autre grande initiale à doubles visages avec monstres & dragons, qu'on voit en tête d'une* Légende dorée, *en français, attire aussi l'attention. De Vingle avait réuni de bons ouvriers, & ses illustrations ne sont pas inférieures à celles des autres imprimeurs lyonnais.*

*Pierre Maréchal & Barnabé Chaußard, de Nevers, imprimeurs aßociés, éditèrent à Lyon nombre de livres de littérature populaire, avec gravures sur bois, soit qu'ils aient fait servir plusieurs planches provenant d'autres ateliers, soit qu'ils en aient fait graver de nouvelles.*

*Leur plus remarquable publication consiste dans une édition de* La Grande Danse macabre *des hommes & des femmes, qui est la plus complète de toutes. Elle reproduit les bois des belles éditions de Paris, copiées avec beaucoup d'intelligence. Les éditeurs lyonnais y ont ajouté une planche très curieuse, qui ne se trouve que dans cette édition : la Mort saisißant les Travailleurs du Livre, compositeurs, imprimeurs & libraires, qu'elle invite ainsi à faire la danse finale :*

> Faites un saut habilement,
> Presses et capses nous faut laisser,
> Reculer n'y faut nullement.
> A l'ouvrage on cognoit l'ouvrier.

Cette double scène, bien présentée & pleine de mouvement, peut être considérée à juste titre comme l'une des meilleures de l'école de gravure lyonnaise.

Ils étaient nombreux les imprimeurs qui travaillaient à Lyon. Nous en avons trouvé au moins une quarantaine qui ont signé des livres de leurs noms, sans compter ceux qui figurent dans des notes d'archives & dont nous n'avons pu encore retrouver les travaux. Nombreux aussi étaient leurs auxiliaires, tels que fondeurs de caractères, tailleurs d'histoires ou graveurs sur bois, & les cartiers dont l'industrie était alors très florissante & qui remplissaient souvent l'office de ces derniers.

Après Lyon, ce fut au tour de Toulouse d'avoir l'imprimerie. Le premier livre daté de cette ville est de 1476.

Pendant longtemps, on a contesté à Toulouse l'honneur d'être la troisième ville de France qui eût pratiqué l'art de Gutenberg. Parce qu'on ne connaissait encore que des livres latins & espagnols au nom de cette ville, on voulait à toute force que ces impressions eussent été faites à Tolosa, capitale de la province de Guipuzcoa, en Espagne.

Le docteur Desbarraux-Bernard s'est fait le champion de

sa ville natale; envers & contre tous, il a soutenu sa cause par des arguments qui ont été contestés à tort.

M. Claudin a découvert, il y a quelques années, dans les archives municipales, les noms de tous les imprimeurs toulousains payant leurs cotes d'impoſition, avec l'indication de leurs demeures. Depuis, on a trouvé, dans les archives notariales, des aĉtes où il eſt fait mention des mêmes imprimeurs, de sorte qu'il ne peut subſiſter aujourd'hui le moindre doute & que la queſtion de Toloſa ou de Toulouse eſt jugée en dernier reſſort en faveur de la capitale du Languedoc.

Les livres imprimés à Toulouse sont aſſez nombreux, mais ne préſentent aucun intérêt artiſtique. Ce sont principalement des livres de philosophie, de droit, de religion, à l'usage des étudiants, des praticiens ou du clergé. On ne connaît guère que deux livres français qui y aient été imprimés pendant cette période : une Imitation & un traité myſtique de théologie sur l'amour divin.

Angers vient après Toulouse. On y imprima au commencement de 1477 avec un matériel ayant déjà servi & venant de Paris. On ne connaît encore que très peu d'ouvrages sortis des premières preſſes angevines. Ce sont des livres à l'usage des étudiants de l'Univerſité & des prêtres; ils n'ont rien de remarquable.

La cinquième ville de France qui a poſſédé une imprimerie eſt Vienne en Dauphiné, dont on a un livre daté de 1478. On n'a d'abord imprimé dans cette ville que des livres latins; on y a publié enſuite des textes français, des poéſies & d'autres ouvrages avec figures sur bois, dont quelques-unes sont d'une bonne faĉlure.

La même année, l'imprimerie pénétrait dans une petite localité de la baſſe Bourgogne, à Chablis, aujourd'hui très renommée pour ses vins.

Pierre Le Rouge, calligraphe & miniaturiſte de son métier, avait été initié à l'art typographique par un de ses parents, Jacques Le Rouge, imprimeur à Veniſe. Il débuta à Chablis en 1478; quelques années après, il quittait son pays natal pour venir s'inſtaller à Paris, où il se fit remarquer par son habileté & fut nommé imprimeur du roi.

C'eſt à Pierre Le Rouge que l'on doit l'impreſſion de La Mer des Hiſtoires, le plus beau livre illuſtré français du XVᵉ siècle, dont nous avons parlé précédemment dans notre première conférence.

En 1479, à Poitiers, un chanoine de Saint-Hilaire-le-Grand faisait venir de Paris un imprimeur & le logeait dans sa propre maison. Plufieurs livres ont été imprimés à Poitiers dans le cours du xvᵉ siècle.

En 1480, on imprime pour la première fois à Caen, autre centre univerſitaire.

En 1481, on voit un imprimeur à Albi en Languedoc. Saluons, en paſſant, ce nouveau venu, qui était un élève direct du maître, de Jean Gutenberg, l'inventeur de l'imprimerie. Il se nommait Jean Neumeiſter, de Mayence.

En 1482, Pierre Plumé, riche chanoine de Chartres, à l'exemple de son collègue de Poitiers, appelle un imprimeur de Paris, qui n'eſt autre que le fameux Jean Du Pré, & inſtalle un atelier typographique dans sa maison du cloître de la cathédrale.

La même année, deux religieux de l'ordre des Carmes montent une imprimerie à Metz.

Troyes a sa première imprimerie en 1483. Un membre de la famille des Le Rouge tranſporte dans cette ville une partie du matériel de l'atelier de Chablis. Guillaume Le Rouge, que l'on croit être le fils de Pierre Le Rouge, y imprime des livres illuſtrés remarquables : L'Expoſition des Évangiles &

*une* Danſe macabre. *Les planches de ces ouvrages repaſſent enſuite dans l'atelier du Petit Laurens, imprimeur demeurant à Paris, rue Saint-Jacques, à l'enſeigne de la* Croix-Blanche; *elles servent à publier une édition donnée par ce dernier & qui ne le cède en rien à la belle édition de Guy Marchant.*

*En 1484, l'imprimerie eſt établie à Chambéry.*

*Un prince de Rohan donne l'hoſpitalité en 1484, dans sa terre de Bréhan-Loudéac, à deux imprimeurs, Robin Fouquet & Jean Crès, qui impriment des livres français &* les Coutumes du duché de Bretagne.

*Rennes eut auſſi, la même année, une imprimerie que dirigea Pierre Belleſculée, de Poitiers.*

*Tréguier suivit l'exemple, & on y imprima dès 1485.*

*Jean Crès, l'aſſocié de Robin Fouquet, le premier imprimeur breton, quitte Bréhan-Loudéac & tranſporte sa preſſe dans l'abbaye de Lantenac en 1487, où il s'établit définitivement.*

*L'imprimerie fut introduite à Salins en Franche-Comté cette même année.*

*Nous avons encore à noter, en 1485, la première impreſſion d'un Miſſel faite à Tours.*

Abbeville occupe une place des plus distinguées dans les fastes de la typographie française.

Jean Du Pré, de Paris, appelé selon toute probabilité dans cette ville par un riche & puißant personnage, que nous croyons être Philippe de Crèvecœur, chambellan du roi & gouverneur de Picardie, y imprime, en 1486, avec Pierre Gérard, un magnifique livre en deux volumes in-folio : La Cité de Saint-Augustin, traduite par Raoul de Presles. Les figures sur bois qui ornent cet ouvrage sont de véritables merveilles pour l'époque & ne le cèdent en rien comme mérite artistique aux illustrations de La Mer des Histoires, exécutées par Pierre Le Rouge.

La Cité de Dieu & La Mer des Histoires sont, sans conteste, les deux plus beaux livres illustrés français qui aient été produits au XVᵉ siècle.

Le même atelier d'Abbeville a encore produit Le Roman des Neuf Preux, avec des figures sur bois, qui sont de même qualité, & La Somme rurale, de Boutillier.

Nous arrivons à Rouen. Bien qu'on ne possède pas de livres datés de cette ville avant 1487, nous avons néanmoins la certitude que l'imprimerie y avait été introduite deux ans auparavant, par Guillaume Le Talleur, un élève de Jean

*Du Pré, qui y a imprimé le Programme des fêtes célébrées pour l'entrée de Charles VIII en 1485; ce livret, qui était cité par Du Verdier, bibliographe du XVI<sup>e</sup> siècle, & que l'on croyait perdu, a été récemment découvert par M. Claudin à la Bibliothèque nationale.*

*L'imprimerie prit bien vite une grande importance dans la capitale de la Normandie; on y imprima des ouvrages de toutes sortes, mais surtout des livres liturgiques à l'usage des églises de l'Angleterre & du nord de l'Europe, comme nous l'avons dit dans notre première conférence.*

*Besançon vit arriver dans ses murs un certain nombre d'imprimeurs, envoyés de Bâle en 1487, qui s'empressèrent de monter un atelier.*

*A Embrun, dans les hautes Alpes du Dauphiné, l'archevêque appela d'Italie un imprimeur français, Jacques Le Rouge, de la famille des Le Rouge, de Chablis, précédemment établi à Venise & qui s'était fixé en dernier lieu à Pignerol, de l'autre côté du massif alpestre; il le logea dans son palais avec ses ouvriers & lui fit imprimer le bréviaire de son diocèse.*

*L'équipe d'ouvriers typographes qui était venue de Bâle apporter l'imprimerie à Besançon, en 1487, quitte cette ville* pour aller à Dôle, siège du Parlement de la province, & y imprime, en *1490*, Les Ordonnances & coutumes de Bourgogne.

De là, ayant à leur tête un prêtre, Pierre Metlinger d'Augsbourg, gradué de l'Univerſité de Bâle, ils se rendent à Dijon, où Jean de Cirey, abbé de Cîteaux, les reçoit dans son hôtel du Petit-Cîteaux & leur fait imprimer les privilèges de l'ordre ainſi que d'autres livres.

Entre temps, l'imprimerie était exercée à Orléans en *1490*. Un typographe, du nom de Mathieu Vivien, apportait l'ancien matériel de Guy Marchant, de Paris.

Grenoble voyait arriver dans ses murs un matériel d'imprimerie ayant déjà fonctionné à Lyon, et un imprimeur y publiait, en *1490*, les déciſions du jurisconſulte dauphinois Guy Pape.

La lumière se faisait & l'imprimerie se propageait dans toutes les directions comme une traînée de poudre.

En *1491*, on voit un petit curé de Goupillières, près Évreux, en Normandie, imprimer chez lui le livre d'Heures de sa paroiſſe. Ce livre, qui n'était pas illuſtré de figures comme les autres, ne dépaſſa guère les limites du village à l'usage duquel il était deſtiné & devait diſparaître bien *vite; mais un de ces hasards heureux, comme il n'en arrive qu'aux hommes de science qui ont toujours l'œil ouvert sur les épaves du paßé, a permis à M. Léopold Delißle de le découvrir à la Bibliothèque nationale. Cette curioßté typographique se trouvait à l'état de fragments dans la couverture d'un vieux livre où elle servait de carton.*

*La même année, le chapitre de l'église de Narbonne fit imprimer sur place son bréviaire dans le cloître de la cathédrale de Saint-Jußt.*

*On voit encore, en 1491, l'imprimerie arriver à Angoulême. L'atelier eßt monté avec l'ancien matériel réformé de Jean Du Pré, de Paris, par deux imprimeurs du nom de Pierre Alain & André Chauvin.*

*L'abbé de Cluny, en Bourgogne, paße marché, en 1492, avec Michel Wensßler, de Straßbourg, un des premiers imprimeurs de Bâle. Wensßler apporte un matériel à Cluny, s'inßtalle dans l'abbaye même & y imprime le Mißel de l'ordre, qu'il achève le 9 juillet 1493.*

*Son labeur terminé, il s'inßtalle à Mâcon & imprime, la même année, pour le compte d'un libraire, le diurnal de l'église du lieu.*

*En 1493, on voit encore Nantes, Châlons-sur-Marne*

& la petite ville d'Uzès, en Languedoc, recevoir des imprimeurs pour la première fois.

En 1495, c'est le tour de Limoges. Jean Berton, originaire
de Touraine, s'établit imprimeur dans cette ville.

En 1496, on imprime à Provins ainsi qu'à Valence en
Dauphiné.

Avignon n'avait pas encore d'imprimeur, bien que dès
1444 on y eût fait des essais, qui d'ailleurs n'avaint donné
aucun résultat; la municipalité fait venir Jean Du Pré, de
Lyon, & le défraye de ses dépenses. Ce typographe de premier
ordre, logé aux frais de la ville, installe un atelier & commence à y imprimer en 1497.

En 1498, l'imprimerie s'implante à Périgueux, & en
1500 on imprime des livres à Perpignan & à Valenciennes.

Tel est, en résumé, le tableau de la marche & des progrès de l'imprimerie dans les provinces de France au XVᵉ siècle.

Jadis on ne citait qu'une trentaine de villes ou localités
ayant eu l'honneur de posséder des presses durant cette période. De nouvelles recherches & d'heureuses découvertes dues
à M. Claudin ont porté maintenant ce nombre à 42. Parmi
les noms qui ont été inscrits sur ce tableau d'honneur dans

ces dernières années, nous nommerons Goupillières, Périgueux, Embrun & tout récemment Uzès.

Nous avons lieu de croire que cette liste n'est pas définitive & qu'un jour ou l'autre de nouveaux noms viendront s'ajouter à ceux connus jusqu'à préſent & témoigneront de l'intenſité du mouvement intellectuel de la France à cette époque.

ONZIÈME PARTIE

L'IMPRIMERIE DEPUIS LE XVIᵉ SIÈCLE
JUSQU'À LA FONDATION DE L'IMPRIMERIE ROYALE

*LORISSANTE dès la fin du XVᵉ siècle, l'imprimerie prend un nouvel eßor au XVIᵉ; les ateliers se multiplient & une génération nouvelle de typographes succède à l'ancienne. Pendant le siècle précédent, on avait créé de toutes pièces un matériel d'illustration excellemment gravé, qu'on trouvait à utiliser sans qu'il eût encore befoin d'être renouvelé. Comme nous l'avons déjà dit, les imprimeurs de Lyon & de Paris échangeaient ou louaient volontiers leurs bois, qui paßaient ainfi d'un atelier à un autre.*

Les vingt premières années du XVIᵉ siècle marquent une époque de tranſition. Le gothique dans les caractères d'imprimerie se maintient encore, mais ne fait pas de progrès. On remarque même une certaine tendance à abandonner ce ſtyle pour des formes plus arrondies.

Déjà quelques imprimeurs avaient adopté le caractère romain; Joße Bade, ancien correcteur de l'imprimerie de Trechſel, à Lyon, & profeßeur de belles-lettres, qui avait séjourné en Italie, vient s'établir à Paris en 1503 & se sert preſque excluſivement de caractères ronds ou romains, qu'il met à la mode.

Henri Eſtienne, premier du nom, qui venait de s'établir, les adopte à son tour. L'usage ne devait pas tarder à s'en généraliser.

L'illuſtration des livres commence à subir les effets d'une transformation qui s'opérait graduellement.

L'éditeur Simon Voſtre, qui avait publié jusqu'alors des livres d'Heures dans leſquels l'art français du gothique flamboyant avait dit son dernier mot, fait graver de plus grandes planches dans leſquelles les lignes d'un deßin moins heurté rappellent le ſtyle italien ( Heures de Verdun ).

La perſpective eſt mieux obſervée; les scènes ne se paßent

plus sous l'ombre des nefs & des chapiteaux à dentelles de pierre de nos vieilles cathédrales, mais sous les voûtes des églises de Rome ou en plein air. Dans les fonds, ce sont les palais à colonnades de l'Italie, au lieu des manoirs & des châteaux de France.

La Renaißance commence son évolution, mais elle eſt encore amalgamée avec l'art gothique, dont elle se dégagera bientôt & auquel elle se subſtituera par la suite.

Avec Henri Eſtienne, en 1502, commence la dynaſtie des imprimeurs savants, dont la France eſt fière.

Geoffroy Tory, de Bourges, qui avait été correcteur dans l'imprimerie de ce dernier & qui s'établit plus tard à son compte, a été le rénovateur de la typographie française au XVIᵉ siècle; il a fixé les règles de l'orthographe & c'eſt à lui que l'on doit une ponctuation plus correcte avec l'emploi de l'apoſtrophe, de la virgule & de la cédille.

Il revenait de l'Italie, la terre claſſique des arts, & en avait rapporté des idées nouvelles, qui firent révolution.

Dans un ouvrage reſté célèbre, qu'il appelle Champfleury & qu'il publia en 1529, Tory traite, comme deſſinateur & comme graveur, de la vraie proportion des lettres. Les types gothiques furent délaissés & remplacés par des caractères romains d'une disposition nouvelle, empruntés aux monuments de l'antiquité, que Tory venait de visiter & d'étudier sur place.

La gravure se transforma du même coup; elle apparut entièrement dégagée du style gothique & légère à l'œil, comme on le voit dans la marque de Geoffroy Tory, entourée d'une guirlande fleurie, & dans le titre de l'Histoire de Diodore de Sicile, imprimée par Tory.

Dans ce dernier livre, un beau spécimen des gravures de Tory représente François I<sup>er</sup> écoutant la lecture de la traduction de l'Histoire de Diodore de Sicile, faite par Macault, son secrétaire & son valet de chambre.

On attribue encore à Tory une série de grandes planches gravées sur bois qui illustrent un ouvrage latin sur la procédure criminelle, imprimé chez Simon de Colines, le beau-père de Robert Estienne.

On y voit successivement une attaque nocturne dans un carrefour de Paris, l'arrestation des coupables & leur incarcération au Châtelet, la comparution des témoins devant le juge d'instruction, la mise à la torture pour arracher des aveux aux accusés, les exécutions en place de Grève, etc.

Il y a loin des illustrations naïves du xvᵉ siècle à ces estampes dont le dessin saisissant prenait sur le vif des scènes qui se passaient journellement dans le vieux Paris.

Avec Robert Estienne, nous sommes en pleine Renaißance. Par son vaste savoir, par son dévouement à l'art typographique, par son zèle à sauver de la destruction & à propager en France les monuments de l'antiquité grecque & latine, il occupe le premier rang parmi les typographes français.

On dit que, pour s'aßurer davantage de la correction des ouvrages qu'il imprimait, il en affichait les épreuves à sa porte en promettant des récompenses à ceux qui y découvriraient des fautes.

François Iᵉʳ, qu'on a surnommé le Père des Lettres, & qui recherchait le commerce des hommes éclairés, avait Robert Estienne en grande estime & en affection toute particulière. Il venait souvent, soit seul, soit accompagné de sa sœur, Marguerite de Navarre, lui rendre visite dans son imprimerie de la rue Saint-Jean-de-Beauvais, pour converser avec lui & s'enquérir de ses travaux. Un jour, il daigna même, selon un récit célèbre dans les fastes de la typographie, attendre quelques instants pour ne pas interrompre le grand & savant typographe dans la lecture d'une épreuve.

*En fondant le* Collège Royal des Trois Langues, *aujourd'hui* Collège de France, *François I⁰ʳ n'oublia pas l'imprimerie, qui, dans sa sollicitude éclairée, devait en être l'auxiliaire, & aux termes d'un de ses édits «procurer «copiofité de livres utiles & néceßaires en langues latine, «grecque & hébraïque», afin d'étendre les bienfaits d'une inftitution appelée à répandre tant de lumières.*

*Sur son ordre, Robert Eftienne fit graver par Claude Garamond, graveur & fondeur de caractères d'imprimerie, élève de Geoffroy Tory, des poinçons de lettres grecques, de lettres romaines & italiques de la plus grande beauté, payés par le Roi sur sa caßette, & que poßède encore aujourd'hui l'Imprimerie nationale*[1].

*La bibliothèque de l'Imprimerie nationale conferve un fort beau manuscrit du texte grec de la Politique d'Arifote, que l'on doit au talent d'Ange Vergèce, calligraphe de Crète, attaché au Collège que François I⁰ʳ venait de fonder. Ce manuscrit eft un véritable chef-d'œuvre dans lequel il eft facile de reconnaître l'écriture qui a servi de modèle pour les*

[1] Nos deux conférences sur l'*Hiftoire de l'Imprimerie en France* ont été compofées avec les caractères romains et italiques du corps 18, gravés par Garamond dans les dernières années du règne de François I⁰ʳ.

types grecs du roi. Ces types furent déposés chez Robert Estienne, qui les inaugura en 1544.

Par une disposition des plus libérales, les matrices de ces types furent mises à la disposition de l'imprimerie parisienne, c'est-à-dire qu'il fut loisible à tout imprimeur français de s'en faire délivrer des fontes, à la charge d'en payer les frais & de rappeler seulement sur le titre des livres l'origine royale de ces caractères. Aujourd'hui l'Imprimerie nationale prête ses caractères orientaux aux imprimeurs sans leur en demander autant.

Les types créés par Garamond sur l'ordre exprès de François Iᵉʳ & dus à la munificence de ce monarque sont, pour ainsi dire, la première pierre apportée à l'édifice qui devait conserver & perpétuer le renom de la typographie française. C'est le premier matériel de l'Imprimerie royale.

Nous n'ignorons pas que cette origine a été contestée. Bien que des médailles frappées en 1823 & 1831, par les soins de l'Académie des inscriptions & belles-lettres, aient rappelé le fait, on croit généralement qu'elle n'a été fondée au Louvre par Louis XIII, sur l'initiative de Richelieu, qu'en 1640. Cette question a été résolue avec beaucoup de bon sens par un historien des plus recommandables, Auguste Bernard.

Nous ne ferons que répéter ses arguments : « Qu'est-ce qui
« constitue une typographie ? Ce sont les types & non la
« maison où on les conserve. Or, est-il vrai que François Iᵉʳ a
« fait graver des caractères & que ces caractères formaient
« une typographie royale dès 1544 ? Le fait est incontestable,
« puisqu'il est rappelé par les mots bien connus de types
« royaux dans presque tous les ouvrages grecs publiés à
« Paris durant le XVIᵉ siècle. Louis XIII a installé, il est
« vrai, une Imprimerie royale, mais ce second fait ne détruit
« pas le premier; au contraire, il vient le corroborer, & c'est
« principalement pour utiliser les caractères de François Iᵉʳ
« que Louis XIII a créé l'Imprimerie du Louvre. »

Le premier ouvrage sorti des presses de l'Imprimerie royale
du Louvre est un texte latin de l'Imitation de Jésus-
Christ. Sur la garde d'un exemplaire de cet ouvrage, appartenant à la Bibliothèque de l'Arsenal, se trouve une note
manuscrite, que nous reproduisons plus loin en extrait. Elle
fut vraisemblablement écrite au XVIIᵉ siècle & prouve que,
dès cette époque, on considérait la fondation de Richelieu
comme une continuation normale de l'imprimerie établie sous
le règne de François Iᵉʳ :

« L'Imprimerie royale, qui avoit été établie par Fran-

« çois I$^{er}$, étant tombée pendant les temps de la Ligue & des
« troubles, Louis XIII, ou plutôt le cardinal de Richelieu
« & M. Des Noyers, sous son nom, entreprirent de la réta-
« blir. On prétend qu'on y dépensa, dans les sept premières
« années de ce rétablissement, 360,000 livres en beau papier,
« caractères neufs, grecs & latins, etc. On assure aussi que
« Louis XIII alloit souvent luy-même voir travailler à cette
« imprimerie. Le premier ouvrage qui en sortit & qui me
« paroit le plus parfait est cette édition de l'Imitation.

« Lorsque le cardinal de Richelieu voulut faire imprimer
« cette Imitation au Louvre, il voulut y faire mettre le
« nom de A Kempis. Les Bénédictins, qui l'apprirent, luy
« donnèrent un grand mémoire pour prouver que le vray au-
« teur étoit un Bénédictin nommé Gersen. D'autres savants,
« instruits de la question, nommèrent un troisième auteur. Il
« y eut alors plusieurs livres imprimés à ce sujet; mais, en
« attendant, le cardinal ordonna qu'on ne mettroit aucun
« nom à cette édition..... »

Henri Estienne, qui succéda à son père Robert, fut également un grand imprimeur, renommé par sa science & son
savoir. François & Charles Estienne ont laissé aussi des noms
recommandables.

La famille des Eſtienne eſt célèbre dans le monde entier; la Ville de Paris a perpétué le souvenir de leur talent & de leur science, en fondant une École typographique à laquelle elle a donné leur nom.

Les Vascoſan, les Morel & les Turnèbe qui, tour à tour, ont eu le titre d'imprimeurs du roi après les Eſtienne, ont imprimé de belles éditions grecques avec les types royaux dont nous avons parlé tout à l'heure.

Sous le règne d'Henri II, une ère nouvelle s'ouvre pour la typographie française dans l'ornementation du livre.

Les sculpteurs Jean Goujon & Germain Pilon, les archi-teƈtes Bullant, Philibert Delorme & Pierre Leſcot, les peintres Jean Couſin & Pierre Clouet s'aſſocient pour prendre la direƈtion du mouvement.

Jacques Kerver publie Le Songe de Poliphile avec des figures d'une grande pureté de lignes, dont le deſſin eſt attribué à Jean Goujon.

Louis Cyaneus, de son vrai nom Blaublom, typographe flamand établi à Paris, imprime une traduƈtion française du Décaméron, de Boccace, avec de charmantes petites figures encadrées d'arabeſques deſſinées par Étienne de Laulne, dans le ſtyle de l'école de Fontainebleau.

Enfin, comme dernier exemple parmi une infinité d'autres, nous mentionnerons deux superbes pièces, datées de 1587 & sorties de l'atelier de Jean & Robert de Gourmont frères, graveurs sur bois.

Dans le Tableau des Arts libéraux, par Chriſtophe Savigny, on voit l'auteur préſentant son livre au duc de Nevers, son protecteur.

L'impulſion était donnée; les imprimeurs & les éditeurs commandaient à des artiſtes des marques pour diſtinguer les livres qu'ils publiaient : fleurons, culs-de-lampe, initiales dans le ſtyle de l'époque. On copie encore aujourd'hui ces menus ouvrages dans leſquels on découvre facilement un mérite exceptionnel; ils prouvent tout au moins que l'art s'introduisait partout.

Les imprimeurs étaient devenus légion & nous ne pouvons les nommer tous; il ſuffit de dire que la plupart des villes de France en poſſédaient.

L'imprimerie avait acquis une telle importance & un tel relief au XVIᵉ siècle, que des couvents, des abbayes & de grands seigneurs établiſſaient chez eux des preſſes particulières dans un but de propagande religieuse ou politique.

Si les moyens d'exprimer la penſée devinrent plus puis-
ſants, d'un autre côté le mouvement artiſtique fut enrayé par
les troubles de la Ligue & les guerres civiles qui marquèrent
la fin du XVIᵉ siècle & le commencement du suivant.

L'imprimerie française ne vivait plus que sur sa gloire
paßée; elle était même sur le point de décliner, lorſque le
cardinal de Richelieu entreprit de la relever en fondant
l'Imprimerie royale du Louvre.

Les Elzévir imprimaient alors en Hollande des livres avec
frontiſpices gravés en taille-douce, petites merveilles de typographie que l'on n'était pas encore arrivé à égaler en France.
Piqué d'amour-propre, le grand miniſtre faisait écrire par
Sublet des Noyers, surintendant de la maison du roi, à son
ambaßadeur en Hollande, une lettre dont l'original, daté du
16 juin 1640, se trouve à la Bibliothèque impériale de Saint-
Péterſbourg. Les paßages suivants trahißent sa préoccupation
d'eſprit :

« Monſieur,

« Il y a déjà quelque temps que je suis dans le deßein
« d'établir une imprimerie royale au Louvre & parce que je
« déſire y faire toutes choſes avec le plus de perfeƈtion qu'il

« sera poſſible & que j'apprends qu'aux imprimeries de
« Hollande on a un secret pour l'encre qui rend la lettre beau-
« coup plus belle & plus nette, que l'on ne fait pas en France
« & qu'auſſi il se trouve bon nombre de compagnons impri-
« meurs de ce pays-là même, à Amſterdam, Leyde & ail-
« leurs, qui seraient peut-être bien aises de venir gagner mieux
« leur vie par deçà (en France), je vous prie de prendre la
« peine de vous informer si l'on pourra trouver des ouvriers
« eſdites imprimeries & au moins quatre preſſiers & quatre
« compoſiteurs, & entre eux si l'on pourra en avoir un qui
« sçache faire de cette encre d'imprimerie & traiter au plus
« tôt avec eux pour les frais de leur voyage & pour leur
« entretènement comme entre particuliers, car il n'eſt pas à
« propos de mêler en quelque façon que ce soit le nom du roi
« en cela, ni de découvrir notre deſſein aux étrangers qui
« voudraient le traverſer en ce qu'ils pourraient.....»

L'ambaſſadeur mit une telle diligence à exécuter cet ordre,
que six mois après, le 17 novembre, l'Imprimerie royale était
inſtallée avec les ouvriers demandés & que le cardinal de
Richelieu y faisait sa première visite.

Avant que l'on eût réuni au Louvre les caractères gravés

14

par Garamond sous François I$^{er}$, les poinçons étaient déposés à la Chambre des comptes & les matrices chez l'imprimeur royal qui fourniſſait les fontes à ses confrères. Les
imprimeurs royaux étaient logés au Collège de France, dont
ils étaient les auxiliaires.

Nous nous arrêterons ici. Pour suivre avec fruit le mouvement typographique en France, il faut viſiter l'expoſition
de l'Imprimerie nationale, dans la claſſe XI. On trouvera
là, encadrés dans des panneaux le long des murs, ou réunis
dans des albums, les matériaux de l'Hiſtoire de l'Imprimerie en France. En publiant cet ouvrage avec tout
le luxe & les reſſources techniques de l'art moderne, l'Imprimerie de l'État a voulu élever un monument impériſſable
à la mémoire de ceux qui l'ont précédée dans la voie du
progrès, & dont elle a toujours suivi la tradition.

# DOUZIÈME PARTIE

## LE JOURNAL

N publiait bien, dès le XVᵉ siècle, les
relations d'événements de date récente,
mais le seul moyen que l'on poſſédât
alors pour tranſmettre les nouvelles con-
ſiſtait à faire diſtribuer dans les rues ou
dans les lieux publics de petits billets
ou feuilles volantes, comme, par exemple, le billet de mise
en vente d'une édition d'Ariſtote par la librairie de Marnef.

Il exiſte encore un billet de ce genre imprimé en lettres
gothiques, dans lequel on donne l'adreſſe d'une hôtellerie
promettant bon gîte.

La première feuille d'annonces qui ait été créée en France date de 1630. Elle a pour fondateur le médecin Théophraste Renaudot, auquel on a élevé récemment une statue comme au père du journalisme en France, & qui est aussi le créateur des consultations gratuites pour les pauvres.

C'est en l'année 1609 que parut le prospectus de la première gazette française. Cette gazette, qui s'était imposé l'obligation de rimer ses nouvelles, exposait son programme de la façon suivante :

La *Gazette* en ses vers
Contente les cervelles ;
Car de tout l'univers
Elle reçoit nouvelles.
. . . . . . . . . . . . . . .
La *Gazette* a mille courriers
Qui logent partout sans fourriers.
Il faut que chacun lui réponde,
Selon sa course vagabonde,
De çà de là, diverfement,
De l'Orient en l'Occident,
Et de toutes parts de la sphère,
Sans laisser une seule affaire,
Soit d'édits, de commissions,
De duels. . . . . . . . . . . . . .
De pardons pléniers & de bulles
. . . . . . . . . . . . . . . . . . . . . .

Elle racontera auſſi
Les malheurs, les proſpérités.
. . . . . . . . . . . . . . . . . . . .
Quoi que ce soit, rien ne s'oublie,
Car la *Gazette* multiplie
Sans relaſche des poſtillons,
Viſte comme les Aquilons.

*La* Gazette *s'adreßait également aux dames en les prenant par leur faible, c'eſt-à-dire par la mode :*

La *Gazette* en ceſte rencontre
Comprend les poinĉts plus accomplis
. . . . . . . . . . . . . . . . . . . . . . . .
. . . . . . . . . . . . . . . . Les méthodes
Les inventions & les modes
De cheveux neufs à qui les veut,
De fauſſe gorge à qui ne peut;
Nœuds argentés, lacets, écharpes,
. . . . . . . . . . . . . . . . . . . . . . . .
Des sangles à roidir le busc,
Des endroits où l'on met du musc.

*Malgré son programme original, cette gazette n'était pas encore le vrai journal.*

*C'eſt alors que Renaudot fit son apparition.*

*En 1630, parut le proſpeĉtus sous le titre de :* «Inven-«taire des adreſſes du Bureau de rencontre, où

«chacun peut donner & recevoir avis de toutes les
«neceſſitez & comoditez de la vie & société hu-
«maine.

«*Par permiſſion du Roy, contenue en ses brevet, arreſts*
«*de son Conſeil d'Eſtat, déclaration, privilège, confirmation,*
«*arreſt de sa Cour de Parlement, sentences & jugements*
«*donnez en conſéquence.*

«*Dédié à Monſeigneur le commandeur de La Porte, par*
«*Théophraſte Renaudot, médecin du Roy.*

«*A Paris, à l'enſeigne du* Coq, *rue de la Calandre, sor-*
«*tant au Marché-Neuf, où l'un deſdits bureaux d'adreſſe*
«*eſt eſtably.* — *1630.*»

*Les numéros suivants, intitulés :* Feuille du bureau
d'adreſſe, *paraiſſant à des époques indéterminées, selon
les beſoins & les circonſtances, contiennent l'indication des
terres à louer ou à vendre. Sous le titre d'*Affaires mêlées,
*ce sont des avis divers : on offre de céder l'invention de nourrir
quantités de volailles à peu de frais; on demande un homme
qui sache mettre du corail en œuvre; on demande à em-
prunter de l'argent sur bonnes garanties; on propoſe de
vendre un grand atlas de Hondius, etc.*

*Les* Petites Affiches *actuelles sont la continuation du*

Bureau d'adreſſe, *qui avait son siège rue de la Calandre,
dans la Cité, en face du palais de Juſtice.*

Le 30 mai 1631, paraiſſait le premier numéro de la
Gazette, *fondée également par Théophraſte Renaudot; cette
publication contenait non seulement les faits divers, mais
encore les nouvelles politiques.*

C'eſt la première feuille périodique qui réponde, autant
qu'on peut l'exiger eu égard à l'époque, à l'idée que nous
nous faisons d'un journal.

Son titre a quelque peu varié selon les circonſtances; son
format & sa périodicité ont auſſi suivi les progrès du temps.
C'eſt aujourd'hui la Gazette de France, *journal des châteaux & de la vieille nobleſſe; elle a traverſé les révolutions
sans interruption jusqu'à nos jours.*

Dans le principe, la Gazette paraiſſait une fois par
semaine, en quatre pages petit in-quarto. Dès la deuxième
année, la matière eſt doublée : elle paſſe à huit pages; quel-
quefois même elle va jusqu'à douze, divisées en deux cahiers
intitulés : l'un, Gazette, & l'autre, Nouvelles ordi-
naires de divers endroits. Elle commençait par les nouvelles du dehors, celles de l'étranger & finiſſait par celles de
la Cour de France.

La réclame commence dès le sixième numéro. A la date du 2 juillet 1631, Renaudot recommande les vertus des eaux minérales de Forges-les-Eaux, en Normandie, où le roi venait de faire une saison avec sa cour.

Le 3 juillet, il vante la belle édition de la Bible polyglotte de Lejay, commencée en 1628 & qui devait être terminée, disait-il, en un an (elle ne le fut qu'environ quinze ans après). On sait que cette Bible fut imprimée chez Vitré avec les types grecs royaux de Garamond & les caractères orientaux de Savary de Brèves, ancien ambaßadeur de France à Conßantinople, qui furent acquis pour le compte du roi & qui sont paßés à l'Imprimerie nationale.

Outre la Gazette, Renaudot publiait, sous le titre de Relations des nouvelles du monde reçues dans tout le mois, un numéro supplémentaire qui complétait & réfumait les informations précédentes.

En 1634, il remplaça ce supplément régulier par des Extraordinaires qui paraißaient suivant les befoins & les circonßances & étaient généralement confacrés à la publication des documents officiels & au récit plus détaillé des événements marquants.

Le roi Louis XIII ne dédaignait pas, paraît-il, selon le

P. Griffet, son historien, de composer des articles entiers qu'il envoyait ensuite à Théophraste Renaudot, lequel les faisait imprimer avec les siens.

Ce monarque jouait parfois d'amusantes comédies. Lui qui n'avait guère de volonté & qui, même devant la reine, craignait de parler un peu haut, il prenait une part active à la rédaction de la Gazette. Lorsque quelque diffidence politique s'élevait dans le royal ménage, c'est à la Gazette qu'il confiait ses doléances. Il écrivait ce qu'il n'osait dire & riait sous cape en voyant circuler sa vengeance anonyme & en étudiant ses effets sur l'âme altière de la reine.

A la mort de Louis XIII, Renaudot dut, pour se disculper, dévoiler le mystère de cette comédie.

La Gazette était le journal officiel & le seul qui existât alors en vertu d'un privilège spécial & exclusif que la faveur du cardinal de Richelieu avait fait obtenir à Renaudot, son compatriote.

Renaudot est le premier qui ait installé des monts-de-piété en France. Disons, en passant, que ce genre d'établissements fonctionnait en Italie dès le XVᵉ siècle.

En 1637, il annonçait l'ouverture d'un bureau de prêts au siège de son journal par un prospectus intitulé : Ouverture

15

des ventes, troques & achats du bureau d'adreffe où tous ceux qui auront des meubles trouveront à les vendre ou de l'argent deffus.

*Renaudot mourut pauvre en 1653.*

*Nous donnons ci-après quelques titres de pièces curieuses parues avant la* Gazette de France :

Difcours efpouvantable de l'horrible tremblement de terre advenu es villes de Tours, Orléans & Chartres, le lundi 26ᵉ jour de janvier dernier paffé 1579. — A Paris, par Jean d'Ongoys, en la rue du Bon-Puits, près la porte Saint-Victor. — Avec privilège du Roy. — 1579.

Figure d'un loup raviffant trouvé en la foreft des Ardennes, & la def-truction par luy faicte en plufieurs bourgs, villages & dépendances d'icelle foreft, au moys de décembre dernier paffé. — A Paris, par Michel Buffet. — Jouxte l'exemplaire imprimé à Troyes. — 1587.

Difcours véritable de l'exécution faite de cinquante tant sorciers que sorcières exécutez en la ville de Douay. — A Paris, chez Jullian Pillou, demeurant à l'Efcu-de-France, près l'églife Saint-Étienne-du-Mont. — Jouxte la copie imprimée à Mons-en-Hainault. — 1606.

Difcours véritable d'un ufurier, lequel miraculeufement a efté mangé des rats, à Charret, proche la ville d'Aix, en Provence, le 2 aouft 1806. — Suyvant la copie imprimée à Lyon par Léger Bon-Homme. — 1606.

Difcours eftrange & pitoyable d'une femme envers ses enfans à l'occa-
fion d'un faux monnayeur & pour la néceffité d'elle & de ses dits
enfans, laquelle s'eft défefpérée & pendue. — Enfemble ce qui eft
advenu à son frère & à sa belle-sœur pour le mefme sujeƈt cy après
déclaré. — Le tout véritable & approuvé & advenu auprès de Rouen
en un village nommé La Ferté-en-Bray. — A Paris, par Fleury Bourriquant. — Au mont Saint-Hilaire, près le puits Certain, *Aux Fleurs
royales.* — 1608.

Difcours véritable sur le calamiteux naufrage & déluge des glaçons au
pays de Poitou, en Bretagne, avec la perte d'un fauxbourg d'Orléans
le 28e de janvier. — A Lyon, par Jean Poyet. — 1608.

Difcours véritable de divers prodiges arrivez en la ville d'Angers comme
tremblement de terre, signes très horribles, vents en l'air, tempefte
impétueufe & de la furieufe fontaine qu'on appelle la *Fontaine Gode-
line.* — A Paris, jouxte la copie imprimée à Tours. — 1609.

Difcours véritable d'un sorcier nommé Ginnel Truc, natif de Léon-en-
Bretaigne, surprins en ses charmes & sorcelleries au pays de Viva-
rois. — Enfemble les receptes pour guérir le beftail que par sa subtil
poifon avait mis sur les champs en l'année 1609. — A Paris, jouxte
la copie imprimée à Lyon, par Bottet. — 1609.

La grande cruauté de maffacre arrivé depuis n'aguères en la ville du
Mans par une femme qui a efgorgé deux de ses filles, laquelle a efté
bruflée en la place au Laiƈt, devant Saint-Julien, le 15e oƈtobre 1609.
— A Lyon, par François de Laye. — Avec permiffion. — 1610.

Difcours lamentable de trois jeunes enfans, lefquels ont efté exécutez
& mis à mort dans la ville de Tours pour avoir donné plufieurs
coups de coufteau à leur père, aagé de soixante-dix ans, le 17e d'avril

1611. — Avec les regrets & lamentations de leur sœur. — Imprimé à Paris par Frédéric Morel, imprimeur ordinaire du Roy. — Avec privilège de Sa Majesté. — 1611.

Histoire nouvelle, merveilleuse & espouvantable d'un jeune homme d'Aix en Provence emporté par le diable & pendu à un amandier pour avoir impiement blasphêmé le sainct nom de Dieu & méprisé la saincte Messe; deux siens compagnons estant demeurez sans aucun mal. Arrivé le 12ᵉ janvier de la présente année 1614. — A Paris, par Fleury Bourriquant, en l'Isle-du-Palais, rue Traversante, *Aux Fleurs royales*. — Avec permission. — 1614.

Discours prodigieux de ce qui est arrivé en la comté d'Avignon, contenant tant le déluge, degast des eaux & feu tombé du ciel que les ruines du pont de Sorgues, Bederide & Aubainien & autres prodiges estranges arrivez auxdits lieux, le dimanche 21ᵉ jour d'aoust 1616. — A Paris, chez Nicolas Rouffet, en l'Isle du Palais, vis-à-vis des Augustins. — Avec privilège du Roy. — 1616.

Histoire prodigieuse & admirable arrivée en Normandie & pays du Mayne du ravage qu'y ont fait une quantité d'oyseaux estrangers & incognuz sur les fruicts & arbres desdits pays; & ont ruiné & infecté plusieurs villes & mesme causé la mort de plusieurs personnes au grand estonnement du peuple. — A Paris, chez Isaac Mesnier, rue Sainct-Jacques, *Au Chesne Verd*. — 1618.

Histoire espouvantable & véritable arrivée en la ville de Soliers en Provence d'un homme qui s'estoit voué pour estre d'Esglise & qui n'ayant accomply son vœu, le diable lui a couppé les parties honteuses & couppé encore la gorge à une petite fille aagée de 2 ans environ. — A Paris, chez Nicolas Alexandre, demeurant rue Sainct-Estienne-des-Grecs. — 1619.

La defroute & deffaitte des trouppes du comte de Chaftillon, par Monfeigneur l'admiral de Montmorency, avec la prife des villes d'Aubenas, Dye & Creft, rendues à l'obéyffance du roy. Enfemble ce qui s'eft paffé au pays de Languedoc & Vivarets jufques à préfent. — A Paris, chez Ifaac Mefnier, rue Sainct-Jacques. — Avec permiffion. — 1621.

Les signes effroyables nouvellement apparus en l'air sur les villes de Lyon, Nifmes, Montpellier & autres lieux circonvoifins au grand eftonnement du peuple. — A Paris, chez Ifaac Mefnier, sur la coppie imprimée à Lyon. — Avec permiffion. — 1621.

Hiftoire véritable d'une femme qui a tué son mary, laquelle après exerça des cruautez inouyes sur son corps, exécutée à Soiran en Bourgongne, diftant d'une lieue d'Auffonne, le 18 janvier 1625. — A Lyon, par Germain Paris. — 1625.

Exécrable cruauté de trois voleurs habillez en hermites, lesquels tuoyent & defvalifoient tous les paffagers & voyagers aux environs de Nantes en Bretagne. Enfemble les meurtre & violement d'une damoifelle de Poictiers, femme d'un riche seigneur de ladicte ville, commis par lefdits voleurs habillez en hermites. — A Paris, de l'imprimerie de M. Alexandre. — Jouxte la coppie imprimée à Lyon. — 1625.

Récit véritable des chofes eftranges & prodigieufes, arrivées en l'exécution de trois sorciers & magiciens deffaits en la ville de Lymoges, le 24ᵉ d'avril 1630. — 1630.

*C'eft de la Révolution que date à proprement parler le journal politique. En effet, auffitôt qu'elle eut éclaté, il se* produifit une éruption extraordinaire de feuilles menfuelles, hebdomadaires, quotidiennes. royaliftes ou populaires, élégiaques ou satiriques.

Ces feuilles s'intitulèrent : L'Ami de la Juftice, de la Liberté, de la Loi, de la Conftitution, de la Religion, des Citoyens, etc.

C'eft le 24 novembre 1789 que parut Le Moniteur univerfel. Puis, vers 1790, apparurent les journaux girondins : Le Patriote Français, La Bouche de fer, Les Annales patriotiques, La Sentinelle, par Brißot, Fauchet, Cara, Louvet, tous quatre républicains & révolutionnaires à une époque ou Barrère & Robefpierre étaient encore confervateurs & monarchiftes.

Citons également l'une des plus intéreßantes publications de la Révolution : Les Révolutions de France & de Brabant, de Camille Defmoulins.

Nous voyons en même temps surgir le fameux Ami du Peuple, de Marat. C'eft enfuite Le Père Duchefne, cynique mais populaire, dont le langage violent exerçait une influence confidérable sur la foule. Camille Defmoulins eßaya de combattre cette feuille dans Le Vieux Cordelier, mais sans aucun réfultat.

*En même temps que les feuilles révolutionnaires, parais-*
*saient quelques feuilles royalistes qui succombèrent toutes,*
*d'ailleurs, à la suite de la journée du 10 Août; ce furent :*
La Lanterne magique nationale, *rédigée par Mirabeau-*
*Tonneau, un ivrogne;* Le Journal des Halles, *qui défen-*
*dait la royauté en un langage poißard;* Les Actes des
Apôtres, *journal rédigé en un style pompeux & lourd par*
*les gros bonnets de la réfistance royaliste.* Le Journal de
la Cour & de la Ville *ou* Le Petit Gautier *n'était pas*
*plus sérieux & encore moins littéraire.* L'Ami du Roi, *de*
*Royau, n'est guère plus intéreßant;* La Gazette de Paris,
*de Rozoy, est au-deßous de tout. Quant au* Journal de
Suleau, *c'était une feuille pornographique & royaliste qui*
*confondait en un singulier mélange, Verfailles & le Palais-*
*Royal, Marie-Antoinette & les filles.*

*Le 10 Août supprima d'un seul coup tous les journaux*
*royalistes, & la lutte fut circonscrite entre les feuilles giron-*
*dines & les feuilles montagnardes.*

*Le régime qui suivit cette époque révolutionnaire fut non*
*plus libéral, mais licencieux, & la plupart des journaux*
*deviennent un chaos de divagations politiques dans lequel il*
*est bien difficile de se reconnaître.*

C'eſt seulement au XIX<sup>e</sup> siècle que le journal devient, sous l'impulſion de M. Émile de Girardin, en même temps que le propagateur des différentes opinions politiques, le porteur de nouvelles & l'organe de publicité de toute nature qu'il eſt aujourd'hui.

# VISITE

## À L'IMPRIMERIE NATIONALE

# VISITE

## À L'IMPRIMERIE NATIONALE.

———

La vifite collective provoquée par l'École internationale de l'Expofition univerfelle & annoncée lors des conférences reproduites dans le préfent volume s'eft faite à l'Imprimerie nationale au milieu d'une grande affluence de perfonnes françaifes & étrangères, parmi lefquelles nombre de dames & un groupe important de Canadiens français.

Les vifiteurs, reçus par M. le Directeur qui les a conduits dans les diverfes parties de l'établiffement, ont pu examiner le fonctionnement des différents services. Ils ont reçu de M. Chriftian, avec l'aide de son collaborateur M. Héon, chef des travaux, & au milieu même du perfonnel, les explications suivantes, complétées par la préfentation des documents, la vue des ateliers, des magafins, des collections & du matériel, le spectacle du travail & des diverfes opérations en cours.

———

Quelques remarques ne sont pas inutiles sur le choix des types & sur leur exécution :

Pour compofer un caractère typographique, il ne fuffit pas de prendre un modèle soit dans des manufcrits, soit dans des infcriptions

16.

& de le suivre servilement. Les manuscrits les plus soignés & les inscriptions les plus belles présentent, en effet, dans la manière dont est
traitée la même lettre, des différences qui, si elles échappent à un œil
peu exercé, ne seraient pas acceptables à l'impression, l'écriture n'ayant
jamais la même égalité que des caractères d'imprimerie, ni cette régularité qui est la loi fondamentale d'une typographie correcte.

Il faut commencer par créer un type, c'est-à-dire par dessiner un
alphabet qui reproduise la physionomie propre de l'écriture & en
suive les finesses, tout en négligeant les accidents & en ne s'arrêtant
qu'aux formes vraiment essentielles. La création du type est donc une
œuvre scientifique; elle nécessite une grande expérience des monuments.

Mais une fois le type arrêté, toutes les difficultés ne sont pas vaincues. Viennent celles du dessin & de la gravure. La première opération,
le dessin, est la plus importante; il faut, tout en restant fidèle à l'esprit
de l'écriture, lui donner une forme qui se concilie avec les exigences
de la typographie, c'est-à-dire donner à toutes les lettres la même incli-
naison & les ramener à deux ou trois dimensions, afin d'éviter les che-
vauchements & de conserver à l'écriture la régularité d'esprit qui fait
la ligne; travail minutieux lorsqu'on est aux prises avec une écriture
régulière.

La détermination de la ligne médiane ou *œil* du caractère, & celle
du rapport de l'œil avec le *corps*, c'est-à-dire la hauteur totale, sont des
points délicats & qui contribuent beaucoup au bon aspect de la composition.

Il convient également de marquer avec soin les pleins & les déliés,
qui indiquent la *graisse* du caractère. Pour cela, on dessine le caractère
sur papier quadrillé dans les proportions exactes qu'il doit avoir.

Lorsque le dessin est définitivement arrêté, on en grave le *poinçon*,
on frappe la *matrice* &, dans cette matrice, on fond la lettre. Pour éviter la gravure sur acier dans les caractères trop compliqués ou trop
nombreux, tels que le *chinois*, les *hiéroglyphes mexicains,* etc., on grave
le poinçon sur bois, puis on prend une empreinte en gutta-percha, à

l'aide de laquelle on obtient, par la galvanoplaſtie, un nouveau poinçon en cuivre. Ce poinçon galvanoplaſtique sert à frapper une matrice
en plomb, dans laquelle on ne peut fondre qu'un très petit nombre
d'exemplaires.

On obtient plus rapidement le même réſultat en gravant directement le poinçon sur cuivre, parce que le nombre des opérations se
trouve diminué.

Quand on veut avoir une quantité plus conſidérable d'exemplaires,
on se procure, par un procédé analogue, des épreuves galvaniques en
creux, qui servent de matrices pour la fonte. Une huitaine de jours
dans le bain galvanique leur donne aſſez d'épaiſſeur pour permettre
de les enchâſſer dans du cuivre ou dans du zinc. Ce procédé porte le
nom d'*électrotypie*.

Si l'on veut reproduire un grand nombre de fois, non plus des
caractères iſolés, mais des pages entières d'impreſſion, des ornements
ou des gravures, on a recours aux clichés. Le *cliché* s'obtient par les
empreintes succeſſives de pâte & de papier, qui forment le *flan*. A l'aide
du cliché, on peut avoir des épreuves galvanoplaſtiques permettant de
tirer typographiquement un nombre d'exemplaires preſque illimité.
Ce procédé, qui eſt d'un emploi preſque univerſel dans l'impreſſion,
conſtitue ce qu'on appelle la *stéréotypie*.

Mais à la stéréotypie sont venus se joindre d'autres procédés qui
sont des applications de la photographie & qui conſiſtent tous à tranſporter, par l'intermédiaire de certains réactifs chimiques, une photographie sur le métal. Tantôt l'image qu'on obtient de la sorte eſt en
creux, & l'on a une véritable gravure en taille-douce : c'eſt l'*héliogravure en creux;* tantôt elle eſt en relief, alors elle rentre directement
dans le domaine de la typographie & se tire comme une page d'impreſ-
fion : c'eſt l'*héliogravure en relief.*

Les deux procédés principalement uſités à l'Imprimerie nationale
sont l'*héliogravure en creux* ou en *taille-douce*, l'*héliogravure typographique* ou *héliogravure en relief*, qui tranſportent directement sur zinc
l'image photographique au moyen d'une couche de bitume de Judée.

L'*Hiſtoire de l'Imprimerie en France* contient des planches en noir & des planches en couleur. Une d'elles a été tirée en chromolithographie & les autres en héliogravure typographique.

La planche en chromolithographie eſt un fac-ſimilé d'une aquarelle du xvᵉ siècle (*Chroniques de France,* page enluminée aux armes de Maleſtroit). Il a été fait un cliché photographique de l'original, & un tracé effectué sur une épreuve de ce cliché a servi pour l'exécution de l'aquarelle. D'après cette copie, le travail lithographique a été exécuté comme suit :

On a d'abord fait, sur un papier spécial, un calque de l'aquarelle, pour indiquer la place des couleurs. Ce *calque-trait* a été *décalqué* sur pierre. Enſuite on a tiré autant d'épreuves que le modèle comportait de couleurs, c'eſt-à-dire dix-neuf, dont deux bronzes. Puis les épreuves ainſi obtenues ont été à leur tour *décalquées* sur dix-neuf pierres différentes afin de permettre à l'artiſte d'établir sur chacune d'elles la compoſition, soit à la plume, soit au crayon, selon que cela était néceſſaire pour la reproduction fidèle de l'aquarelle.

Le tirage a été fait à la preſſe à bras, avec repérage au cadre.

Le bronze or a été tiré après la neuvième couleur, en vue d'obtenir un repérage parfait.

Enfin, on a subſtitué l'aluminium au bronze blanc pour éviter toute oxydation.

Voici, sur l'exécution des clichés, quelques détails qui ont auſſi leur importance :

Tout travail dont on obtient une épreuve (gravure, lithographie ou typographie) peut se tranſporter sur zinc. On a alors un *report.* Certains travaux plus simples peuvent même s'exécuter directement sur le zinc à l'encre graſſe ou au vernis.

S'il s'agit d'une photographie, il faut que le cliché soit renforcé par une diſſolution de caoutchouc naturel dans la benzine, ce qui permet de détacher le cliché de la glace sous forme de pellicule.

*Tranſport de l'image photographique sur zinc.* — On recouvre la planche de zinc d'une couche de bitume de Judée, diſſous dans la benzine rectifiée ; lorſque cette couche eſt sèche, on applique deſſus la pellicule photographique & on expoſe à la lumière. Toutes les parties frappées par la lumière sont inſolubles à l'eſſence de térébenthine &, comme on développe avec cette eſſence, il ne reſte sur la planche de zinc que l'image photographique à mettre en relief.

Que ce soit un report lithographique ou un bitume photographique, on procède de la même manière pour la miſe en relief :

On prépare d'abord un bain d'acide nitrique (20 p. 100 d'acide pour un litre d'eau), puis on procède au décapage : très légère morſure, de manière à enlever seulement le brillant du métal & cerner très finement le travail à conſerver.

Après avoir fait sécher la planche sur un feu modéré, on paſſe deſſus un mélange de gomme arabique & d'acide gallique qu'on laiſſe sécher. On peut alors procéder au premier encrage.

*Premier encrage.* — Après avoir dégommé la planche, on encre lithographiquement, c'eſt-à-dire en mouillant & en employant de l'encre aſſez ferme de manière à obtenir un encrage pur.

On fait sécher en chauffant légèrement, puis on réſine. Toutes les parties graſſes prennent la réſine & on chaſſe l'excédent en épouſſetant très soigneuſement. C'eſt alors que l'on met du vernis au pinceau sur tous les grands blancs à une certaine diſtance du travail à conſerver.

On remet enſuite la planche sur le fourneau, afin de faire fondre la réſine, ce qui groſſit légèrement le travail.

Après refroidiſſement, on remet la planche dans l'acide ; on obtient ainſi une première morſure qui eſt un peu plus forte que le décapage.

On fait sécher de nouveau la planche sur le fourneau, puis on gomme comme ci-deſſus.

On continue ainſi succeſſivement & autant de fois qu'il eſt néceſſaire, de manière à groſſir chaque fois le travail, ce qui permet de faire mordre de plus en plus après chaque encrage.

Il en réfulte une suite de petits talus qui protègent le vrai travail à conferver.

Quand on eft arrivé au point de ne plus pouvoir faire defcendre l'encrage lithographique, on fait chauffer la planche & on la dévernit avec l'effence de térébenthine.

C'eft alors que l'on procède au gros encrage à chaud sur le fourneau. On arrive ainfi à recouvrir tous les talus obtenus, &, après avoir réfiné, on peut donner le grand creux dans de l'acide plus fort (30 à 35 p. 100).

On dévernit de nouveau, puis on fait un encrage moins fort qui laiffe les derniers talus à découvert. On réfine, on fait fondre, & les talus laiffés à nu difparaiffent à la morfure.

On arrive ainfi à n'avoir plus que le premier ou le deuxième talus. Il faut alors faire un encrage très fin qui doit repréfenter l'image telle qu'on la défire.

Comme après chaque encrage, on réfine, on fait fondre très légèrement & on fait mordre. Les talus reftants doivent difparaître après cette dernière morfure.

On dévernit &, après qu'on a enlevé les supports à la scie ou à la fraifeuse, la planche eft prête pour l'impreffion.

Le nombre d'opérations varie felon la nature du travail : il peut aller de 8 jufqu'à 12, 14 & même davantage.

Plus le travail eft délicat, plus les encrages & les morfures sont faibles; il en faut par conféquent davantage pour obtenir le même creux.

# PLANCHES

GUTENBERG

LA BIBLE À 42 LIGNES

raput ioseph : et super verticem naza
rei fuit fratres suos . Quasi primo
geniti thauri pulcritudo eius: cornua
rinocerotis cornua illius. In ipis ven
tilabit gentes usq3 ad terminos terre.
Hee sunt multitudines ephraim : et
hee milia manasse . Et zabulon ait.
Letare zabulon in exitu tuo: et ysachar
in tabernaculis tuis. Populos voca
bunt ad montem : ibi immolabunt
victimas iusticie. Qui inundationem
maris quasi lac sugentes: thesauros
absconditos arenarum . Et gad ait.
Benedictus in latitudine gad. Quasi
leo requieuit: cepitq3 brachium et verti
cem . Et vidit principatum suum q3
in parte sua doctor esset repositus: qui
fuit cum principibus populi et fecit
iusticias domini : et iudicium suum
cum israhel. Dan quoq3 ait. Dan ca
tulus leonis : fluet largiter de basan.
Et neptali dixit. Neptalim abundan
tia perfruetur: et plenus erit benedicti
onibus domini . Mare et meridiem
possidebit . Aser quoq3 ait . Benedi
ctus in filijs aser . Sit placens fratri
bus suis: et intinguat in oleo pedem
suum . Ferrum et es calciamentum e
ius . Sicut dies iuuentutis tue: ita et
senectus tua . Non est alius ut deus
rectissimus . Ascensor celi auxiliator
tuus. Magnificentia eius discurrunt
nubes: habitaculu eiº sursum: et subter
brachia sempiterna. Eiciet a facie tua
inimicum: dicetq3 conterere. Habitabit
isrl confidenter et solus . Oculº iacob in
terra frumenti et vini: celiq3 caligabunt
rore. Beatus tu israhel. Quis similis
tui popule qui saluaris in domino?
Scutum auxilij tui: et gladius glorie
tue . Negabunt te inimici tui: et tu eo
rum colla calcabis. C. xxxiij.

Ascendit ergo moyses de campe
stribus moab sup montem ne
bo in verticem phasga contra iheri
cho : ostenditq3 ei dominus omnem
terram galaad usq3 dan: et uniuersum
neptalim terramq3 ephraim et manasse
et omnem terram usq3 ad mare nouis
simum: et australem partem et latitu
dinem campi iherico ciuitatis palma
rum usq3 segor. Dixitq3 dominus ad
eum . Hec est terra pro qua iuraui a
braham ysaac et iacob dicens. Semi
ni tuo dabo eam. Vidisti eam oculis
tuis: et non transibis ad illam. Mor
tuusq3 est ibi moyses seruus domini
in terra moab iubente domino: et sepe
liuit eum in valle terre moab contra
phogor: et non cognouit homo se
pulcrum eius usq3 in presentem diem.
Moyses centu et viginti annoru erat
quado moriuº e. Nec caligauit oculus
eiº: nec dentes illiº moti sunt. Fleuerut
q3 eum filij israhel in campestribus
moab triginta diebus: et completi sunt
dies planctus lugentium moysen . Io
sue vero filius nun repletus est spiritu
sapientie: quia moyses posuit super
eum manus suas . Et obedierunt ei
filij israhel: fecerunt q3 sicut precepit
dominus moysi. Et non surrexit pro
pheta ultra i israhel sicut moyses quem
nosset dominus facie ad faciem in
omnibus signis atq3 portentis que
per eum misit ut faceret in terra egipti
pharaoni et omnibus seruis eius u
niuerseq3 terre illiº: et cunctam manu
robustam magnaq3 mirabilia que
fecit moyses coram uniuerso israhel.

Explicit belle quod grece dicitur
deuteronomium

GUTENBERG

———

LA BIBLE À 36 LIGNES

ris· Conseruus tuus sum ꝫ
fratrum tuoꝝ ꝓphetaꝝ: et eoru ꝗ
seruāt verba ꝓphetie libri hui⁹·
Deū adora· Et dixit michi· Ne
signaueris verba ꝓphetie libri
hui⁹· Tempus eñi ꝓpe est· Qui
nocet noceat adhuc: et ꝗ in sor
dibꝫ est sordescat adhuc· Et ꝗ iu
stus ē iustificet adhuc: et sāctus
sanctificet adhuc· Ecce venio ci
to: ꝫ merces mea mecū ē: reddere
unicuiꝗ scōm opera sua· Ego
sum alpha et o: prim⁹ ꝫ nouis=
simus: principiū ꝫ finis· Beati
ꝗ lauāt stolas suas ī sanguine
agni: ut sit potestas eoꝝ in lig
no vite: et p portas intrent ciui
tatē· Foris aūt canes et venefi
ci et impudici et homicide ꝫ ydo
lis seruiētes: et ois ꝗ amat ꝫ fa
cit mēdaciū· Ego ihus misi āge=
lum meū testificari vobis hec ī
ecclesijs· Ego sum radix ꝫ gen⁹
dauid: stella splendida ꝫ matu
tina· Et spiritus et spōsa dicūt
veni· Et ꝗ audit: dicat veni· Et
ꝗ sitit veniat: et ꝗ vult accipiat
aquā vite gratis· Contestoꝝ eñi
omni audienti verba ꝓphetie li
bri huius· Si quis apposuerit
ad hec· apponet deus sup illum
plagas scriptas in libro isto: ꝫ
si ꝗs diminuerit de verbis libri
prophetie huius· auferet deus
parte eius de libro vite et de ciui
tate sancta: et de hijs que scrip

ta sūt in libro isto· Dicit ꝗ testi
monium perhibet istoꝝ· Eti
am· Venio cito amen· Veni do
mine ihesu· Gratia domini no
stri ihesu cristi cum omnibꝫ vo
bis amen· Explicit Apocalip
sie⸗ Amen

GUTENBERG

———

PSAUTIER LITURGIQUE

Cantemus dño· glose eni ma
gnificat9 e: equū ⁊ ascensore
deiecit i mare. Fortitudo mea
t lau9 mea dñs: ⁊ fact9 e michi in sa
lutem. Iste deus meus ⁊ glorificabo eū
deus pris mei: ⁊ exaltabo eū. Domi
nus quasi vir pugnator· oīpotens
nomen eius: currus pharaonis et ex
ercitum eius proiecit in mare. Electi
principes eius submersi sūt in mari
rubro: abissi operuerūt eos· descende
derūt in profundū ꝗsi lapis. Dextera
tua dñe magnificata e in fortitudine:
dextera tua dñe pussit inimicū: et in
multitudine glie tue deposuisti adue
sarios meos. Misisti irā tuā· ꝗ deuo
rauit eos sicut stipulam: ⁊ in spiritu
furoris tui ꝗgregate sunt aque. Stetit
unda fluens: ꝗgregate sunt abissi in
medio mari. Dixit inimic9 psequar
et comprehendā: diuidā spolia· et im
plebit anima mea. Euaginabo gla
dium meū: interficiet eos man9 mea.
Flauit spiritus tu9· ⁊ operuit eos ma
re: submersi sūt quasi plumbū in a
quis vehementib9. Quis similis tui
in fortibus dñe ꞇ quis similis tui
magnific9 i sanctitate: terribilis atꝗ
laudabilis ⁊ faciens mirabilia? Exten
disti manū tuā: ⁊ deuorauit eos ter
ra. Dux fuisti i misedia tua: ppo quē
redemisti. Et portasti tu i fortitudine
tua: ad habitacm sanctū tuū. Ascen
derūt ppi et iran sūt: dolores obtinu
erunt habitatores philistiim. Tuc con
turbati sunt principes edom: robustos
moab obtinuit tremor·obriguerunt
omes habitatores chanaan. Irruat
sup eos formido: ⁊ pauor magnitu
dine brachii tui. Fiat immobiles ꝗsi
lapis· donec ptranseat pplus tu9 diie·
donec ptranseat pplus tuus iste quē

possedisti. Introduces eos· ⁊ planta
bis i mōte hereditatis tue: firmissimo
habitaculo tuo qd operatus es dñe.
Sanctuariū tuū dñe· quod firmaue
runt man9 tue: dñs regnabit in eter
num et ultra. Ingressus e eni pharao
cum curribs et equitibs ei9 i mare: et
reduxit super eos dñs aquas maris.
Filij aūt israhel ambulauerūt p siccū:
in medio ei9. Gloria. Cāticu abacuc.

Domine audiui audicionē tuā· feria sexta.
et timui. Do
mine opus tuū: i medio an
norum uiuifica illud. In medio ānos
norum notū facies: cū iratus fueris
misedie recordaberis. Deus ab austro
ueniet: ⁊ sanctus de mōte pharan.
Operuit celos gla eius: et laudis ei9
plena est terra. Splendor ei9 ut lux e
rit: cornua i manib9 . . ibi abscon
dita est fortitudo ei9· . . te facie ei9 ibit
mors. Egredietur dyabol9 ante pedes
eius: stetit ⁊ mensus est tr̄ā. Aspexit ⁊
dissoluit gentes: et ꝗtriti sunt mōtes
seculi. Incuruati sunt colles mundi:
ab itineribs eternitatis ei9. Pro iniꝗ
tate vidi tentoria ethiopie: turbabun
tur pelles terre madian. Nunquid in
fluminibs irat9 es dñe: aut in flumi
nibs furor tuus uel i mari indignatio
tua? Qui ascendes sup equos tuos:
et quadrige tue saluatio. Suscitans
suscitabis arcum tuum: iuramenta
tribubns que locutus es. Fluuios
scindes terre: viderūt te aque ⁊ dolue
runt montes: gurges aquarū trāsijt.
Dedit abissus uocē suā: altitudo ma
nus suas leuauit. Sol et luna stete
runt in habitaculo suo i luce sagitta
rum tuaꝝ:ibūt in splendore fulguran
tis haste tue. In fremitu ꝗculcabis ter
ram: ⁊ in furore obstupefacies gentes.

PASQUIER BONHOMME

LES GRANDES CHRONIQUES DE FRANCE

(PREMIER LIVRE FRANÇAIS IMPRIMÉ À PARIS)

fut refuse par le grãt escuier en di
sãt que ce nestoit pas la coustume
de porter ledit ciel sur iceluy corps
parmy les chãps mais seullemẽt
parmy les villes Et quant ledit
corps fut arriue a la porte de ladicte ville fut la faicte station et la
furent dictes certaines oroisõs pro
pres et adonc fut baille ledit ciel
aulx dessusditz . viii . religieulx les
quelz le porterent iusques a leglis
se fait dnys sur ledit corps

Item apres lenterremẽt dudit
corps eut grosse altercation entre
ledit grant escuier et les aultres
escuiers descuirie dudit roy et les
religieulx dudit saint dnys pour
le poille qui estoit soubz la dessusdi
cte figure pource que ceulx escuy-
ers disoient ledit poille leur appar
tenir et lesditz religieulx au contraire et tellement que ledit poille
fut mis en la mai de mõseigneur
de dunoys et de mõseigneur le chã
cellier de france et finablement fut
appoicte que ledit poille qui estoit
de drap dor bien riche demourroit
a ycelle eglise

Item et au millieu de ladessusdi
cte grant messe y eut vne predica
tion qfist maistre thomas de cour
celles docteur en theologie a laqlle
auoit grant peuple priant pour le
dit deffunct et les vngz plorans le
quel roy fut intitule le roy charles
vii . de ce nom tres victorieulx

Item et apres lenterrement diceluy roy fut crie dieu ayt lame
du roy charles tres victorieulx mõ
dessus est dit Puis apres Viue le

roy loix et adõc les huissiers et au
tres sergens getterent leurs verges
sur la fosse diceluy

Item apres toutes ces choses
faictes alla vng chascũ disner en
la grant salle de labbe dicelle egli
se ou fut court planiere et ouuerte
a tous venãs et de ceste heure le disner fait et graces dictes mõseigneur de dunoys dist a haulte voix
que luy et tous les aultres seruiteurs auoient perdu leur maistre
et pour tant que vng chascun pen
sast de soy pouruoir A quoy furent
plusieurs moult dolens et par espe
cial commencerẽt les pages fort a
plourer

Cy fine le tiers et dernier volume
des croniqs de frãce contenãt charles ve . vie . et viie . qui ordonnees y
tables et par chappitres Et morisse
mẽt ce deux volumes precedens
sont cõtenus les faitz et gestes de
tous les roys qui ont ques furent
en frãce tant payes cõe crestiẽs di
gnes et grant recõmãdatiõ selon
loriginal des croniqueurs et fait de
nys qui dãcienete õt eu la charge
de ce faire faictes a paris en la rue
neufue de nostre dã deuãt la grãt
eglise en lostel de pasquier bonhom
me lung des quatre pricipaulx libraires de luniuersite de paris ou
prns pour enseigne lymage saint
ypristofle
fait le xvie . iour de ianuier lan
mil . CCCC . lxx vi .

oroisõs propres et adonc fut baille le
dit ciel aux dessusditz · viii · religieulx lesquelz le porterent iusques a
leglise saint denis sur ledit corps

Item apes lenterrement dudit co
rps eut grosse altercation etre ledit
grãt escuier et les aultres escuiers
dscuirie dudit roy et les religieulx
dudit saint denys pour le poille qui
estoit soubz la dessudes figure pour
ce que yceulx escuiers disoient ledit
poille leur appartenir et lesditz religieulx au contraire et tellement que
ledit poille fut mis en la mai de mõ
seigneur de dunois et de mõseigneur
le chãcellier de france et finablemẽt
fut appointe que ledit poille qui e-
stoit de drap dor bñ riche demourroit
a ycelle eglise

Item et au millieu de la dessusdi
ate grant messe y eut une pdication
q fist maistre thomas de courcelles
docteur e theologie a laquelle auoit
grant peuple priãt pour ledit deffũt
et les ungz plorans lequel roy fut
iritule le roy charles vii e · et ce nom
tres victorieulx

Item et apres lenterrement dice-
lui roy fut crie dieu ait lame du roy
charles tresvictorieulx comme desss
est dit · puys aps viue le roy loys
et adõc les huissiers et aultres sergens geterent leurs verges sur la
fosse diceluy

Item aps toutes ses choses faictes alla ung chascun disner en la
grant salle de labbe dicelle eglise ou
fut court planiere et ouuerte a tous
venãs et a ceste heure le disner fait
et graces dictes monseigneur de du-

noys dist a haultr voix que luy et
tous les aultres seruiteurs auoiẽt
perdu leur maistre et pourtant que
ung chascun pensast de soy pouruoir
a quoy furent plusieurs moult dolens et par especial commencerent
les pages fort a plourer

JEAN DU PRÉ

## MISSEL DE L'ÉGLISE DE PARIS

(LA GRAVURE INTRODUITE DANS LE LIVRE)

JEAN DU PRÉ

# LE GRAND PARDON DE NOTRE-DAME DE REIMS

(LA PREMIÈRE AFFICHE IMPRIMÉE EN FRANCE)

# Le grant pardon de noſtredame de Rains

Feu de ſaincte memoire pape plus ſecond en ampliant ʒ eʒtendant les indulgences nagueres donnees a leglise de rains par le pape nicolas v. a donne a tous vrays creſtiens hommes et femmes de toutes les parties du monde Qui en lan preſent mil quatre cens quatre vintʒ ʒ deuʒ depuis les veſpres de la vigille de la feſte ſainct luc euaugeliſte: et par tout le iour de ladicte feſte ʒ le iour enſuiuät entier. Contrictʒ de cueur et confes de bouche viſiterõt ladicte egliſe de rains ʒ y donneront de leurs biens. Et pareillemēt auſdictes vigille feſte et lendemain enſuiuant perpe⸗ tuelemēt de ſept ans en ſept ans. plaines mdulgences de tous leurs pechieʒ

Item pareillemēt a donne indulgences cõme deſſus a toutes perſonnes cõfes et repentäs qui ſont anciēs et debiles ʒ ne pourroiēt pſonellemēt viſiter ladicte egliſe de rains ſilʒ enuoiēt par leur meſſaige de leurs biēs a ladicte egliſe.

Item a donne puiſſance a larceueſque et au chapitre de rains de deputer cõfeſſeurs de diuerſes langues qui pourrõt eſditʒ iours abſouldre iceulʒ qui viſiteront ladicte egliſe ʒ qui ſe confeſſeront a eulʒ de tous pechez quelʒconques. iaſoit ce quilʒ ſoient reſerues au ſainct ſiege de rõme. Et a iceulʒ auſſi a donne puiſſance de cõmuer tous veuz fors ſeulement les veuz de la terre ſaincte ʒ des apoſtres ſainct pierre ʒ ſainct pol de rõme. pourueu que ceulʒ qui viſi⸗ teront ladicte egliſe y donneront de leurs biens.

Item declaire que ſoubʒ les lettres de ſuſpenſiõs de pardõs par lup dõnes ou p le pape caliſte ou autres ne veult point leſdictes lettres de pardons octrolez a ladicte egliſe de rains par lup ou par ſon predeceſſeur le pape Nicolas eſtre ne auoir eſte compriſes pourquoy ne doit doubter quelcõque perſonne ne ſcrupule faire de conſciēce ſe elle a fait ſelon la teneur de la bulle deſdictes indulgences quelle nait acquis leſdictes indulgences.

Item par les indulgences octropees a ladicte egliſe de rains par le pape Nicolas leſquelles a conferme noſtre ſainct pere pius. Dnt leſditʒ cõfeſſeurs puiſſance de cõpoſer auecques toutes pſonnes de toutes les parties du monde qui ſe confeſſeront a eulʒ et viſiteront ladicte egliſe. et qui ont des biēs daultrup mal acquis et ne ſcauent a qui en faire reſtituaon. et que le prouffit deſdictes compoſicions vienne a ladicte egliſe de rime.

Item veult ledit ſainct pere pius que fop ſoit adiouſtee au vidimus des originales cõme a icelles. pourueu quilʒ ſoient ſigneʒ de deuʒ notaires ʒ ſeelleʒ du ſeel du chapitre de ladicte egliſe de rains.

# LES PREMIÈRES MARQUES D'IMPRIMEURS

PIERRE LE CARON

# RELATION DE L'ENTRÉE DU ROI LOUIS XII

## DANS SA BONNE VILLE DE PARIS (1498)

# Lentree du roi

De ffrance treschrestien Loys douziesme de ce nom a sa bonne
ville de paris/Auecques sa reception de luniuersite de paris. q
aussi de mon̄s de paris/ q le souper qui fut fait au palais.
ffaicte lan mil.cccc.iiiioxx. q pViii.le lundi.ii.iour de iuillet.

# les ioustes

ffaictes a Paris en la rue saint anthoine huytioure
apres lentree du roy Loys douziesme de ce nom.
Lan mil.cccc.quattre vingtz & dixhuyt.

PIERRE  LE  CARON

RELATION  DU  SACRE  DE  LOUIS  XII

# e lacre du

Roy Loys treschreſtien fait a reims Lan mil quatre
cens quattre Vingtz z viii. Le xxvii. iour de may.
Et comment les douze pers de France doiuent z ſont
tenuz eſtre ou leurs commis audit ſacre en la dicte Vil
le de reims chaſcun faiſãt ſon office. Et tous les ducz
z contes dudit royaume de France : z leſquelz ſont qui
tiennent nuement z ſans moyen du Roy noſtre ſire. et
leſquelz ſont qui tiennent par le moyen daultruy ainſi
que plus aplain cy apres ſera declare.

MICHEL LE NOIR

ENTERREMENT DE CHARLES VIII

# La vraie or

Donnance, faicte par messtre Pierre Surse cheualier
grant escuper de france ainsi que audit grant escuper
appartient de faire pour lenterrement du corps du bõ
Roy Charles huptiesme que dieu absoille. Et la
dicte ordonnance leue ʒ auctorizee par monseigneur
de la Trimoille premier chambellan ʒ lieutenant du
Roy a acompaigner ledit corps. Et aussi par le con
seil de messeigneurs les chãbellãs ʒ autres quil auoit
auecques luy

# Les epita

Phes des feuz roys Loys Snziesme de ce nom ʒ
de Charles son filz Siii. de ce nom que dieu ab
soille. Et la piteuse complainte de dame crestien
te sur la mort du feu roy Charles auec la com
plainte des trois estatz.

Complainte trespiteuſe de dame
chreſtiente ſur la mott du feu roy
charles huitieſme.

PIERRE LE CARON

LES RUES ET LES ÉGLISES DE LA VILLE DE PARIS

(LES PREMIERS INDICATEURS DES RUES DE PARIS)

Les rues et les eglises de la ville de paris auec la despense qui se fait par chascun iour

Les rues de paris. Et pmieremēt le quartier des halles
La grant rue sainct denis
La rue sainct sausueur
La rue de beau repaire
La rue pauce
La rue de mont horgueil
La rue de quicquetonne
La rue au spor)
La rue de mal conseil
La rue de merderel
La rue au signe
La rue de la grant truanderie
La rue de la petite truanderie
La rue de mandestour
La rue de petouet
La rue de la châuoirerie
La rue de la cossonnerie
La rue au feutre
La rue de la charronnerie
Le cloistre saincte opportune
La rue de la tabletterie
La rue de perrin gasselin
La rue de la horengerie
La rue de la saunerie
La rue de la megisserie
La rue sainct germain saucerrops
La rue des sauandieres
La rue de iehan soingtier
La rue guillaume porree
La rue des recommanderesses

TRÉPEREL

# LES QUINZE JOYES DE MARIAGE

MÉNAGE DE PROLÉTAIRES À LA FIN DU XV<sup>e</sup> SIÈCLE

ANTOINE VÉRARD

LES PREMIERS LIVRES D'HEURES

23.

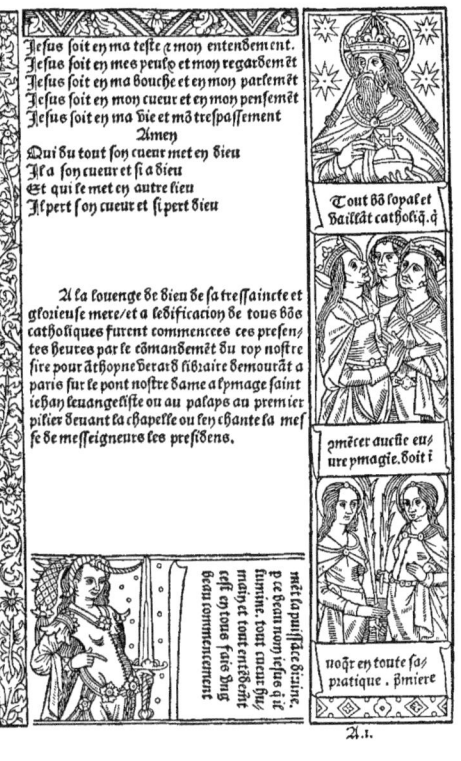

Jesus soit en ma teste z mon entendement.
Jesus soit en mes peulz et mon regardemēt
Jesus soit en ma bouche et en mon parlemēt
Jesus soit en mon cueur et en mon pensemēt
Jesus soit en ma bie et mō trespassement
Amen
Qui du tout son cueur met en dieu
Il a son cueur et si a dieu
Et qui se met en autre lieu
Il pert son cueur et si pert dieu

A la louenge de dieu de sa tressaincte et
glorieuse mere/et a ledification de tous bōs
catholiques furent commencees ces presen
tes heures par le cōmandemēt du roy nostre
sire pour ānthoyne berard libraire demourāt a
paris sur le pont nostre dame a lymage saint
iehan leuangeliste ou au palays au premier
pilier deuant la chapelle ou len chante la mes
se de messeigneurs les presidens.

Tout bō soyal et
vaillāt catholiq. q

Qmēcer duelle eu
ure pmagie. doit i

noꝝ en toute sa
pratique . pmiere

mēt sa puissace diuine.
p ce scauon iesu qi il
fumne. tout cueur fu,
maiz et tout entēdemēt
cest en tous faitz vng
beau commencement

A.i.

| | | | | | |
|---|---|---|---|---|---|
| | Mars a ꝟꝟꝟi. io⁹ | | | Auril a ꝟꝟꝟ.io⁹ | |
| | La lune.ꝟꝟꝟ. | | | La lune.ꝟꝟiꝟ. | |

| | | | | | |
|---|---|---|---|---|---|
| iii | d Saint aubin. | | | g | |
| | c | | ꝟi | amarie legiptiēne | |
| ꝟi | f | | | d | |
| | g | | ꝟiꝟ | c d ambroise. | |
| ꝟiꝟ | a | | ꝟiii | d | |
| ꝟiii | b | | ꝟꝟi | e | |
| | c d thomas daqui | | d | f | |
| ꝟꝟi | d | | | g | |
| ꝟ | e | | ꝟiii | a | |
| | f | | ii | b | |
| ꝟiii | g | | | c d leon | |
| ii | a d gregoire | | ꝟ | d | |
| | b | | | e d eufeme | |
| ꝟ | c | | ꝟꝟiii d tiburce.et ba/ | |
| | d | | ꝟii | g (lerian) | |
| ꝟꝟiie | e | | | a | |
| ꝟii | f d gertrud | | ꝟꝟ | b | |
| | g | | | c | |
| | a | | iiii | d | |
| iiii | b | | ꝟii | e | |
| | c d benoist. | | i | f | |
| ꝟii | d | | | g L uercō d denis | |
| i | e | | iꝟ | a d george. | |
| | f | | | b | |
| iꝟ | g Lanūcia nre dāe | | ꝟii | c d marc. | |
| | a | | di | d | |
| ꝟii | b | | | e | |
| di | c | | ꝟiii | f d vital. | |
| | d | | ii | g | |
| ꝟiiii | e | | | a d eutrope | |
| iii | f | nd | | Lanupt a .ꝟ. heures. | |
| | La nupt a.ꝟii. heures. | | | Le iour.ꝟiiii. | |
| | Le iour ꝟii | | | | |

ANTOINE VÉRARD

## L'ART DE BIEN VIVRE

(OUVRAGE COMMANDÉ À VÉRARD PAR LE ROI CHARLES VIII)

ANTOINE VÉRARD

———

## L'ART DE BIEN MOURIR

———

LES PEINES DE L'ENFER

(OUVRAGE COMMANDÉ À VÉRARD PAR LE ROI CHARLES VIII)

———

1. Le supplice des ireux & ireufes.
2. Le supplice des avaricieux & avaricieufes.

24.

Dne grãde fo'noife de feu
ardãt/ʒ autres diables fou
floiẽt p grãt ire ladicte fo'
naife auec grãs ʒ mõstru
eux soufflez/ʒ les autres
Betournoiẽt lefdictes ames De
dãs ladicte fo'naife auecq' crocʒ
et baftõs de fer ardãs. Ca ouayt
õ pleurs/cris/lamẽtatiõs Dr
semẽs ineftimables / et tant e'
ftoiẽt lefdictes ames Bʒulees et

arfes dedans le feu De la
Dicte fournaife quelles e'
ftoient redigees auffi cõ'
me a rien.Et fembloient
eftre rouges cõme charbõ
ardans et ambʒafees De feu cõ
me Dne barre De fer enflãbee
qui fortift De la fournoife. Du
is lefdis Bourreaux Diables De
fer qui formentoient lefdictes
ames adõt les empoingnoient

Le sixiesme chapitre traicte de
la cinquiesme paine infernale.
Auarice

Et saint hôme Laza
rus recitoit aux assi
stens au côup dessus
dit ql auoit veu en enfer vng
autre maniere de paines. Car
il dit de grandes chaudieres

a maniere de fours ardês plai
nes de diuers metaulx fô dues
q boullâs côme leaue fait sue
le feu. Et dedans iceulx me
taulx estoiêt plôgiez les ames
des auaricieux et auaricieuses

ANTOINE VÉRARD

———

# LE JUGEMENT DERNIER

Quant deuant dieu Bons ᴂ mauluais  Les mauluais iront au palus
Seront au iugement Benus  Denfer en torment parburaßle
Les Bons auront pour leur Biens faitʒ  Prions de Bon cueur a iesus
Ioye sans fin au ciel la sus  Qua ce iour nous soit piteaßle.

# LES JOIES DU PARADIS

25.

ANTOINE VÉRARD

# LES CENT NOUVELLES NOUVELLES

### ATTRIBUÉES AU ROI LOUIS XI

La premiere nouuelle

Ꞃn la Ville de Valenciēnez
eut nagueres ẞng nota
ble bourgois en ſō temps
recteuer de henault/leql
entre les autres fut renomme de ſarge
et diſcrete prudence. Et entre ſes loua/
bles ẞertuz celle de liberalite ne fut paſ
la maindre:car par icelle Bit en la gra
ce des princes ſeigneurs et autres gens
de tous eſtaz: En ceſte eureuſe felicite
fortune le maintint et ſouſtint iuſques
en la fin de ſes iours. Deuant et apres
ce que mort euſt deſtachie de la chayne
qui a mariaige ſaccouploit/le bō bour
gois a cauſe de ceſte hyſtoire neſtoit pas
ſi mal logie en la dicte Ville q̃ ẞng bien
grant maiſtre ne ſen tint pour content
et honnoure dauoir ẞng tel logis. Et
ētre les deſirez et louez edifices ſa mai
ſon deſcouuroit ſur pluſieurs rues/ẽ la

auoit ẞne petite poterne Bis a Bis pres
de la/en laquelle demouroit ẞng bon
compaignon qui treſbelle femme et gē
te auoit (ẽ encores en milleur point. Et
cōme il eſt de couſtume les peulx belle
archiers du cueur deſcoicherent tant de
fleches en la perſonne dudit bourgois
q̃ ſans prochain remede ſon cas neſtoit
pas maindre que mortel. Pour laquel
le choſe ſeurement obuier trouua par
pluſieurs et ſubtiles facons que le com
paignon mary de ladicte gouge fut ſō
amy treſpriue et familier. et tant que
peu de diſnera/de ſouppera/de banckts
de bains deſtuues/et autres paſſetēps
en ſon hoſtel et ailleurs ne ſe feiſſēt ia
mais ſans ſa compaignie. Et a ceſte
occaſion ſe tenoit ledit compaignō biē
fier et encores autant eureux. Quant
noſtre bourgois plus ſubtil que ẞng
regnart euſt gaignie la grace du com
paignō bien peu ſe ſouffia de paruenir
a lamour de ſa fēme/et en peu de iours
tant et ſi treſbien laboura que la bail
lant femme fut contente louyr et entē
dre ſon cas pour y baillier remede con
uenable/ne reſtoit plus que tēps et lieu
et fut a ce menee quelle luy promiſt/tā
toſt que ſō mary iroit quelque part de
hors pour ſeiourner ẞne nupt elle incō
tinent len auertiroit. A chief de pechie
ce deſire iour fut aſſigne et dit le com
paignon a ſa femme quil ſen aloit a
ẞng chaſteau loingtain de Valencien
nes enuiron trois lieues et la charga
biē de ſoy tenir a loſtel et garder la mai

B.i

Ce rop nagueres estant en sa Bille de toures ung gentil compaignon escossois archier de son corps a de sa grant garde/senamoura tresfort dune belle et gente damoiselle mariee et merciere/Et quat il sceust trouuer teps et lieu le mains mal quil sceut compta son gracieux a piteux cas dôt il nestoit pas trop côtent ne ioyeux/neantmais car il auoit la chose fort a cuent ne laissa pas a faire sa pourfuite/mais de plꝰ en plus tresaigrement pourchassa tant que la damoiselle le Boulut enchassier et donner total congie/et lui dit quelle aduertiroit son marp du pourchas deshonneste et dannable quil sefforcoit de acheuer/ce quelle fist tout au long. Le marp bon a saige pzeux et Baillant côme apres Bous sera compte se courtouca a mterement encontre lescossois qui deshonnoura le Bouloit et sa tresbonne fé

Quiron le mois de iuillet a lozs que certaine conuencion et assé blee se tenoit entre la Bille de calaiz et granelingces assez pres du chastel dope a laquelle assemblee estoient plusieurs princes et grans seigneurs tant de la partie de france comme dãgleterre pour aduiser et traittier de la rencon de monseigneur dorleans estant lozs prisonnier du rop dangleterre entre lesquelz de la dicte partie dangleterre estoit le cardinal de Bicestre qui a la dicte conuencion estoit Benu en grant et noble estat tant de cheualiers escuiers que dautres gês deglise et entre les autres nobles hôes auoit ung qui se nommoit iehan stotô escuier trenchant et thomas Brampton eschancon dudit cardinal/lesquelz ieã et thomas se entrapmoient autant que pourroiët faire freres germains ensem ble/car de Bestures habillemens et har

ANTOINE VÉRARD

SA MARQUE TYPOGRAPHIQUE

Cy finiſſent les cent nouuelles nouuel
les compoſees et recitees par nouuelles
gens de puis na gueres/et imprimees a
paris le.ͬxviiii.iour de decembre  Mil
CCCC.lͬxxxx.et ⅵ.p ãthoine Berard li
braire demourant a paris ſur le pont
noſtre dame a lymage ſaint iehan leuã°
geliſte ou au palaiz au premier pillier
deuant la chappelle ou on chãte la meſſe
de meſſeigneuts les preſidens.

ANTOINE VÉRARD

# LES GRANDES CHRONIQUES DE FRANCE

UN COMBAT EN CHAMP CLOS

ANTOINE VÉRARD

# LES GRANDES CHRONIQUES DE FRANCE

LE SACRE DU ROI PHILIPPE À REIMS

ANTOINE VÉRARD

___

# LES GRANDES CHRONIQUES DE FRANCE

___

L'ENTRÉE DU ROI CHARLES VIII À PARIS

ANTOINE VÉRARD

———

## TITRES DESSINÉS PAR ANTOINE VÉRARD

———

1. Titre avec initiale.
2. Initiale du Faucon d'amour.

28.

Le premier volume des cromiqs
de france. nouuellement.
Imprimez a paris

Lacteur

Prologue secla
ratif de la matiere
de ce present liure
appelle le faulcõ.

Pour faire passer tẽps aux sei/
gneurs dames escuiers et damoi/
selles q̃ soulẽtiers oyent parler du
debuit de chiẽs doisseaulx ꝗ damours
Jay entreprins mectre par escript vng
cas puis certain temps aduenu en frã
ce de deux gracieux amoureux. Cest/
assauoir vng hõneste gentil hõme Et
vne noble damoiselle Lesquelz cõbien
quilz sentrapmassent le aulmẽt eurẽt

ANTOINE VÉRARD

COMÉDIES DE TÉRENCE

Apres la fin de la scene deuāt dicte se assemblent plusieurs personnages des quelz les parolles sont diuerses et de variable propos /mais touteffoys fina blemēt sont elles ramenees a lintētion de la comedie. Et sont en ceste presente scene, v.personnages/ cest ascauoir Thays Thraso Gnato Parmeno. Et pythias chamberiere. Et cmomence premier a parler thays disant.

**Thais** — **Thraso** — **Parmeno** — **Gnato** — **Pythias**

CLa.xxiiii.scene.

En ceste . xxiiii . ꝗ derreniere scene monstre nostre poete comment phormio prins par les vieillars se prent a crier et appeller nausistrata/laquelle appellee pst de la maison. Et dit ainsi .

**Nausistrata** — **Chremes** — **Demipho** — **Phormio**

MARTIN HUSZ

# LE MIROIR DE LA RÉDEMPTION

## LA VIE DE L'ENFANT PRODIGUE

Comment le filz prodigue demande leri
tage a son pere au xv ·c· saint luc·

Commēt le pere eut gzant ioie de la
venue de fon filz.

NICOLAS MÜLLER

## LES FABLES D'ÉSOPE

(TRADUCTION DE JULIEN MACHO, RELIGIEUX DE L'ORDRE
DE SAINT-AUGUSTIN)

En ne doit poit croire en tout esperit ainsi que
racôte ceste fable dune vieille qui disoit a son en
fant pource quil plouroit. Vrayemêt se tu pleu
res encore se te feray mêger au loup. Et le loup q̃ ouyst
celle vieille demoura deuât la porte attendant a mêger
lenfant de la vieille. Et pource que le loup auoit la tant
demoure quil mouroit de fain il sen retourna au boys.
Et la loue luy demanda Pourquoy ne mas tu apporte
a mêger. Et le loup luy respondist. Pource que la viel-
le ma trompe laquelle mauoit promis de bailler son en
fant a mengere t ne le ma point baille. Et pourtât en la
femme lon ne se doit point trop fier et celluy est bien fol
qui en femme trop se fie et pource ne ty fie que bîe apoit
et tu feras que saige.

La·xvi·fable de la mouche et de la mulle·

La·xvii· fable de lasne et du petit chien·

GUILLAUME LE ROY

# HISTOIRE DU CHEVALIER OBEN

(PREMIÈRE PLANCHE GRAVÉE EN PROVINCE)

GUILLAUME LE ROY

L'ABUSÉ EN COUR

(OUVRAGE ATTRIBUÉ À RENÉ D'ANJOU, DIT LE BON)

Comment labuze est auecques vne belle fille ou demoi
selle qui sentre acollent en eulx faisant grant chiere cõ
mêt se Jlz sloient aler dancer la quelle est appellee fol
le amour et dit labuze a lacteur.

Vous enfans qui de ceste science
Voulez sauoir la droicte experience
Vueillez prester oreilles et escout
Et vous verrez par tresclere euidence
Que figures ont lieu et audience
Au temps qui court generalment par tout
Et nest moyen commencement nebout
Qui nait besoing du traict de noz figures
Ou qui nenchee en plusieurs aduentures

GUILLAUME LE ROY

## LE DOCTRINAL DE COUR

(DE PIERRE MICHAULT)

Stant en celluy penſement ſe pzint Abus
a moy treſgracieuſement er benignemēt ſa
luer et me diſt. mō enfant doulp et gracieup
Je Bus pzie que par Bus ſaiche la matiere
a quoy Bus eſtes et en laquelle Bus penſez. Car & la
age en quoy Je W⁹ Wy ne Wuſſies eſtre en ceſtuy eſtat
Et par ainſi que W⁹ nauez pas eſte nourry en lieu ou
e.iii.

GUILLAUME LE ROY

ROMANS DE CHEVALERIE FRANÇAISE

BERTRAND DU GUESCLIN

MICHELET TOPIÉ ET JACQUES HERENBERCK

---

# RECUEIL DES HISTOIRES TROYENNES

PAR RAOUL LEFÈVRE.

37.

JEAN DU PRÉ
ET NICOLAS MÜLLER DIT PHILIPPI

## LES VIES DES PÈRES

PAR SAINT JÉRÔME

33

JEAN DU PRÉ

## LA MER DES HISTOIRES

A mer des
hiſtoires.

Our esmouuoir les
courages des humains et
les encliner a viure vertueu
sement et eulx gouuerner sa
gement/ est escript ou .piiij.
chapitre de ecclesiastique/ q̃
somme est bien eureux qui
fait sa demourance et se arre
ste en lestude de sapièce/ car
sur tous les auttres dons
de grace q̃ dieu fait aux crea
tures/le don de sapience est
le plus noble/le plus digne/
le plus plaisant/le plus de
lectable/ et le plus parfait.
Cest celle qui fait les roys
regner/les princes dominer
les royaulmes esleuer et en
tretenir. Et les braps iuges
selon les sainctes loys cle
rement congnoistre et iuste
ment iuger. Par elle est sõ
me fait amy et prochain de
dieu qui est vng tresor infi

ny. Aussy par elle il est conduit et mene au royaulme eternel/ auquel il a braye fruition et congnois
sace de la haulte diuine. Et pource fit on q̃ salo
mõ augst dieu ottroya telle reqste ql vouldroit
demãder. Ne demãda poit a dieu richesses ter
rienes/logue bie/ ne auttre psperite mõdaine.
Mais reqst et demãda seullemêt a dieu le don
de sapièce/ cognoissãt q̃ p icelle il pouoit donn
ner les choses terrienes/et finablemêt puenir
a sa gloire eternelle. Leql dõ il obtit/et moyen
nãt icelle fut plus grãt a tous les auttres roys
q̃ auoiêt este deuãt luy/ aisy ql est recite ou.iije.
chapitre du tiers liure des roys. Labitude et
couersatiõ de sapièce na en soy nul fiel ne amer
tume/mais toute doulcee et ioyeuetse. Et de tãt
q̃ plus on sy arreste et frequête/tãt plus on de
sire a plus y demourer et la frequêter/côme est
escript ou.viije. chapi. du liure intitule sapièce.
Po lesdittes choses côfermer dit saict gregoire
ou pmier chapi. du secõd liure de ses mozales/
q̃ la saicte escripture et estude des choses passees
est côe vng mirouer ou ql nos pouõs speculer
et mirer nostre face/p apceuoir et cognoistre les
maculees et taches q̃ lordisset et effacent. Par
opposite y pouõs veoir les beaultes et dõs de
grace fe aulcũs en auõs/q̃ nos decorêt et ẽbelis

ny. Car en lisãt ou racõtãt les histoires dicelle
saicte escripture/nos pouõs veoir a q̃sse fin les
vns et les auttres p mal ou bie faire sõt puen?
Laqlle chose nos peult iciter/et dõner courage
et amer vert/fuir vices/craidre et euiter oppro
bzes et reprouches. Parquoy en ce psent liure q̃
peult estre nõme sa fle' ou sa mer des hystoires
et q̃ sati est appelle rudimentũ nouicio2ũ. Cest
adire en francoys le rudimêt des nouices/ou sen
seignemêt des nouueaulp. Nos racõterõs p oz
dze de degre en degre sa greigne partie des hy
stoires et des grãdes choses dignes de memoi
re/q̃ sont aduenues depuis la creation du mon
de iusques a psent/ lesquelles seront seulemêt
touchees en bref. Affin q̃sses en soient mieulp
et plus aiseemêt retenues/car briefuete est amye
de memoire. Aussy pour escheuer psplixite et en
nuy des lisans/et po satiffaire a lappetit daul
cune hõmes curieulp q̃ desirent scauoir parler
de plusieurs matierees. Mais ilz ont les espris
sy soubdains / ilz ne peuuent pzendze le loissir
ne auoir la patience de les regarder au long.

Le.ije. chapitre de la matiere et forme de pro
ceder en ce liure.                                    a ij

JEAN DE VINGLE

LES QUATRE FILS AYMON

Les quatre
filz aymon

# LA LÉGENDE DORÉE EN FRANÇAIS

14.

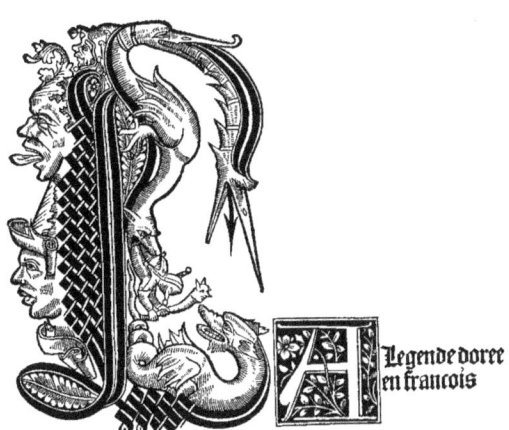

Legende doree
en francois

GUILLAUME LE ROUGE

## LA DANSE MACABRE

IMPRIMÉE À TROYES EN 1491

REPRODUITE À PARIS, AVEC LES MÊMES ILLUSTRATIONS, PAR LE PETIT LAURENS

Vado mori.mors certa quidem:nil certius illa
Hora fit incerta/Vel mora/Vado mori.

Vado mori.quis amor quod finem spondet amaru.
Cuius manie amor non amor Vado mori

Mors dominus seruo:mors sceptra ligonibus equat
Dissimiles simili condicione trahens

Quid sublime genus qd opes qd glia prestant.
Que michi tunc aderant.hec michi nunc aberunt

## La mort

Vous qui Viues certainement
Quoy quil tarde ainsi Danseres
Mais quant. Dieu le scet seulement
Aduises comme Vous feres
Dam pape Vous commenceres
Comme le plus Digne seigneur
En ce point honnores seres
Au grant maistre est Deu lonneur

### Le pape

Ha fault il que la Danse mayne
Le premier qui suis Dieu en terre
Iay en Dignite souueraine
En leglise comme saint pierre
Et come autre mort me Vient querre
Encores mourir ne cuidasse
Mais la mort a tous maine guerre
Peu Vault honneur qui si tost passe

## La mort

Et Vous le non pareil Du monde
Prince et seigneur grant emperiere
Laisser fault la pomme Dorronde
Armes sceptre/tymbre baniere
Ie ne Vous lairay pas Derriere.
Vous ne poues plus seigneurir
Iemmeyne tout cest ma maniere
Les filz adam fault tous mourir

### Lempereur

Ie ne scay Deuant qui iappelle.
De la mort quansi me Demene
Armer me fault De pic De pelle
Et Dun linseul.ce mest grant peine.
Fut tous ay eu grandeur mondaine
Et moir me fault pour tout gage
Quesse De ce mortel Dommaine.
Les grans ne sont pas Dauantaige
a iij

Pense tu point qui faille quon meule
Et que preigne fin puissance mondaine
Helas ouy car mort viendra soudaine
One heure a toy a tout son dart horrible
Si tres acoup comme chose inuisible
Que pas nauras laisir aucunement
De dire adieu peccaui seulement
Ainsi morras tost sans contricion.
Dont tu seras par diuin iugement
Homme deffait et a perdicion

Homme en peril saiche certainement
Que se tu nas autre soulsoir briefuemēt
De tamender ne autre deuocion
Ta te verras vng iour subitement.
Homme deffait et a perdicion.

Arte noua pressos si cernis mente libellos
  Ingenium tociens exuperabit opus
Nullus adhuc potuit huius contingere summum
Ars modo plura nequit. ars dedit omne suum

Dic fuit istud opus quod conditor indicat eius

Cy finist la danse macabre hystoriee et
augmētee de plusieurs nouueaulx per
sonnaiges et beaulx ditz/tant en latin q̄
en francoys nouuellement ainsi compo-
see Et imprimee a paris par le petit lau
rens.

JEAN DU PRÉ (DE PARIS) ET PIERRE GÉRARD

## LA CITÉ DE SAINT AUGUSTIN

TRADUITE PAR RAOUL DE PRESLES ET IMPRIMÉE À ABBEVILLE EN 1486

1. L'Auteur compofant son livre.
2. Conftruction de la cité de Dieu.

35.

JEAN DU PRÉ (DE PARIS) ET PIERRE GÉRARD

LE ROMAN DES NEUF PREUX

1. Jofué.
2. Charlemagne.

Iosue. X viij.

Cy commēce le compileur de ce
liure a iosue le premier des preuⱷ/et
premierement comme apres la mort
de mopses le commist au gouuerne
ment du peuple disrael.

Our ētamer nostre euure
et pour donner a ᵹgnoistre
ouⱷ lisans lentendement

de nostre intencion. Ileſt aſſauoir q̃
apres leage de cent ⱷⱷ. ans de mop
ſes/nostre seigneur apres quil eut cō
stitue sur la mōtaigne de nebo & luy
eut monstre toute les pays et terres
de iherico de galaad de neptalim/&
brief depuis la terre de iuda iusques
en la mer ensemble toutes les citez ſt

A .ij.

36

charlemaigne

Cy cōmence listoire du pseutp em
pereur charles le grant.

       F auons par la grace
       et apde de cellup qui fut
o     cause dencommencer
      cefte oeuure acheue les
fais p maniere de recueil du pseup (c
Baillant artus etlauds amene a la
fin ou toute creature tēd cest a most
q̄ nul nespargne/ duquel se ie nap as
sez profipement ses fais specifiez a
la Boulente des lisans ou des iuges
de cestup proces ie prie quil me soit p
donne et ne me soit impute a tanāce
ne a ignorance pareseeuse /car certes
ie nay fait mon pouoir de chercher et
cciii.

SIMON VOSTRE

HEURES DE VERDUN

GEOFFROY TORY

SA MARQUE TYPOGRAPHIQUE

## DIODORE DE SICILE

TRADUCTION FAITE PAR MACAULT, SECRÉTAIRE ET VALET DE CHAMBRE
DE FRANÇOIS I$^{er}$

1. Titre de l'ouvrage.

2. François I$^{er}$ écoutant la lecture de la traduction.

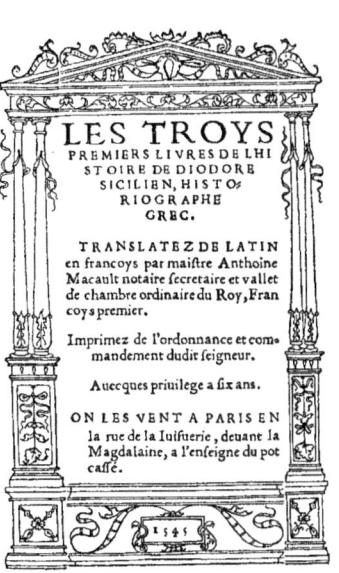

# LES TROYS

PREMIERS LIVRES DE L'HI
STOIRE DE DIODORE
SICILIEN, HISTO=
RIOGRAPHE
GREC.

TRANSLATEZ DE LATIN
en francoys par maistre Anthoine
Macault notaire secretaire et vallet
de chambre ordinaire du Roy, Fran
coys premier.

Imprimez de l'ordonnance et com=
mandement dudit seigneur.

Auecques priuilege a six ans.

ON LES VENT A PARIS EN
la rue de la Iuifuerie, deuant la
Magdalaine, a l'enseigne du pot
cassé.

1545

GEOFFROY TORY

---

## LA PROCÉDURE CRIMINELLE

OUVRAGE LATIN IMPRIMÉ CHEZ SIMON DE COLINES

BEAU-PÈRE DE ROBERT ESTIENNE

---

Ἐπειδὴ πᾶσαν πόλιν ὁρῶμεν κοινωνίαν τινὰ οὖσαν καὶ πᾶσαν κοινωνίαν ἀγαθοῦ τινος ἕνεκεν συνεστηκυῖαν· τοῦ γὰρ εἶναι δοκοῦντος ἀγαθοῦ χάριν πάντα πράττουσι πάντες· δῆλον ὡς πᾶσαι μὲν ἀγαθοῦ τινος στοχάζονται, μάλιστα δὲ, καὶ τοῦ κυριωτάτου πάντων, ἡ πασῶν κυριωτάτη καὶ πάσας περιέχουσα τὰς ἄλλας. αὕτη δ᾽ ἐστὶν ἡ καλουμένη πόλις καὶ ἡ κοινωνία ἡ πολιτική. Ὅσοι μὲν οὖν οἴονται πολιτικὸν καὶ βασιλικὸν καὶ οἰκονομικὸν καὶ δεσποτικὸν εἶναι τὸν αὐτὸν, οὐ καλῶς λέγουσιν· πλήθει γὰρ καὶ ὀλιγότητι νομίζουσι διαφέρειν, ἀλλ᾽ οὐκ εἴδει τούτων ἕκαστον, οἷον ἂν μὲν ὀλίγων, δεσπότην· ἂν δὲ πλειόνων, οἰκονόμον· ἂν δ᾽ ἔτι πλειόνων, πολιτικὸν ἢ βασιλικόν, ὡς οὐδὲν διαφέρουσαν μεγάλην οἰκίαν ἢ μικρὰν πόλιν, καὶ πολιτικὸν δὲ καὶ βασιλικόν, ὅταν μὲν αὐτὸς ἐφιστήκῃ, βασιλικόν, ὅταν δὲ κατὰ λόγους τῆς ἐπιστήμης τῆς τοιαύτης, κατὰ μέρος ἄρχων καὶ ἀρχόμενος, πολιτικόν. Ταῦτα δ᾽ οὐκ ἔστιν ἀληθῆ. Δῆλον δ᾽ ἔσται τὸ λεγόμενον ἐπισκοποῦσι κατὰ τὴν ὑφηγημένην μέθοδον. Ὥσπερ γὰρ ἐν τοῖς ἄλλοις τὸ σύνθετον μέχρι τῶν ἀσυνθέτων ἀνάγκη διαιρεῖν· ταῦτα γὰρ ἐλάχιστα μόρια τοῦ παντός· οὕτω καὶ πόλιν ἐξ ὧν σύγκειται σκοποῦντες ὀψόμεθα καὶ περὶ τούτων μᾶλλον, τί τε διαφέρουσιν ἀλλήλων, καὶ εἴ τι τεχνικὸν ἐνδέχεται λαβεῖν περὶ

Aristote. Politica, liv. 1, chap. 1 (Éd. Didot)

39

JACQUES KERVER

---

## LE SONGE DE POLIPHILE

(LE DESSIN DES FIGURES EST ATTRIBUÉ À JEAN GOUJON)

# Vng cheualier promeit a ma da

## ME LORETTE DE LA PORTER EN

*croppe sur son cheual & de luy compter une belle nouuelle en chemin: mais uoy-*
*ant la dame qu'il le disoit de mauuaise grace elle le pria de la descendre à pied.*

### Nouuelle premiere.

Es belles dames,tout ainsi cóme en la saison que les se-
rains sont clairs & lucides,les estoilles sont l'ornemét du
ciel,& les fleurs tant que le printéps dure des prez ver-
doyantz,pareillemét les arbrisseaulx reuestuz de fueil-
les des coustaulx , ne plus ne moins, les motz plaisantz,
& gracieuses rencótres,sont l'ornemét (beaulté , & de-
coratió de tous les propos & deuis,dignes d'estre louez:
lesquelz plaisantz motz & gracieuses rencótres,pource
qu'ilz se disent.en peu de parolles sient d'autát mieulx aux femmes que aux hom
mes, cóme le trop parler est plus mal seant aux femmes que aux hómes.Il est bié
vray que qui qu'en soit loccasió,ou la mauuaistie de noz esperitz,ou l'inimitié sin
guliere que les cieulx ont porté à nostre siecle,il ne nous est peu ou point demou
ré de femme,qui sache dire vng bon mot quant il le fault dire,ou si on luy en dit
quelcú qui le saiche entédre cóme il appartiét: qui est vne hóte à toutes nous autres femmes . Mais pource que desia ma dame Pampinée en à assez dit sur ceste
matiere,ie ne passeray plus oultre:& me contéteray pour ceste heure de vous faire cógnoistre par vng courtois,taisez vous,que deit vne gétil femme à vng cheualier,cóbié ont de beaulté en soy, les motz qui sont dictz à propos en téps & lieu.
Comme

40

Decameron de Bocace. 1.nouuelle.

# TABLES

# TABLE DES MATIÈRES

## TABLE DES MATIÈRES.

### SECONDE CONFÉRENCE.

# TABLE DES PLANCHES

# TABLE DES PLANCHES.

# TABLE DES PLANCHES.

# TABLE DES PLANCHES.

# TABLE DES PLANCHES.

# LA POLITIQUE D'ARISTOTE

## MANUSCRIT EXÉCUTÉ PAR ANGE VERGÈCE

### CALLIGRAPHE DE CRÈTE

# LA POLITIQUE D'ARISTOTE

CARACTÈRES GRAVÉS PAR GARAMOND

D'APRÈS LE MANUSCRIT D'ANGE VERGÈCE

www.ingramcontent.com/pod-product-compliance
Lightning Source LLC
Chambersburg PA
CBHW050749030726
47505CB00002B/474